去巴林找一棵树

长篇

肖勤 著

百花文艺出版社
天津出版传媒集团

图书在版编目（CIP）数据

去巴林找一棵树 / 肖勤著. -- 天津：百花文艺出版社, 2020.6
(百花中篇小说丛书)
ISBN 978-7-5306-7903-6

Ⅰ. ①去… Ⅱ. ①肖… Ⅲ. ①中篇小说-中国-当代 Ⅳ. ①I247.5

中国版本图书馆 CIP 数据核字(2020)第 088480 号

去巴林找一棵树

QU BALIN ZHAO YIKE SHU

肖勤 著

出 版 人：薛印胜　**选题策划**：汪惠仁
编辑统筹：徐福伟　**责任编辑**：齐红霞
装帧设计：任　彦　**营销专员**：苏　依
出版发行：百花文艺出版社
地址：天津市和平区西康路 35 号　**邮编**：300051
电话传真：+86-22-23332651（发行部）
+86-22-23332656（总编室）
+86-22-23332478（邮购部）
网址：http://www.baihuawenyi.com
印刷：山东临沂新华印刷物流集团有限责任公司
开本：700×980 毫米　1/32
字数：46 千字
印张：4.375
版次：2020 年 6 月第 1 版
印次：2020 年 6 月第 1 次印刷
定价：28.00元

如有印装质量问题，请与山东临沂新华印刷物流集团有限责任公司联系调换
地址：山东省临沂市高新技术产业开发区新华路 1 号
电话：(0539)2925659　邮编：276017

肖勤 / 作者

女，仡佬族，一九七六年生，贵州遵义人。鲁迅文学院第十二期高研班学员。作品散见于《人民文学》《十月》等刊，多次入选各种选刊选本。曾获第十届少数民族文学骏马奖等奖项。作品被译介到法、韩、蒙古、哈萨克斯坦等国。根据其小说改编的电影有《小等》《碧血丹砂》等。

一

在拿到血液检验报告单之前，黄桅子已经有了隐约的预感。

持续低烧，咳嗽，肺部有明显的撕裂感，全身无力。它们通通都预示着不好，很不好。

手里的报告单打满了向下的箭头符号，最要命的是白细胞偏低、血红蛋白偏低、血小板偏低。也就是说，三系偏低。

在血液科，“三系偏低”这四个字，基本上就是死神到来的脚步声，尽管轻微，但瞒不过她。她是谁？她和白血病打了二十年的仗，死神来时，哪怕只是一股细微的风，她不用抬头也知道。

毕竟只是个位于箭道街区的小医院，年轻的医生经验明显不足，他忽略了这张报告单，却一个劲儿晃动着她的 X 光胸片，带着一脸倨傲，以及不知从哪里来的自信，说，状况不好，肺部炎症很严重，得入传染科。

和肺结核病人住在一起？她心里冷笑，那不是让我死得更快？想着，她的身体有点摇晃，但她迅速控制住了这种令她厌恶和难堪的软弱，她定下神，静静看着年轻的医生，不说话。

你这个——小医生又晃了晃片子，晃出一阵哗哗的响声，不耐烦地说，只能进传染科，我没有和你开玩笑，你肺部炎症很严重。

她眼眶一热，慢慢泛出一丝温和的笑容，用原谅的目光看着眼前这张年轻又傲慢的脸，慈祥地说，毕业几年了？

啊？小医生正开住院单，听到这里抬头瞭她一眼，诧异、冷漠。

我十八年前医科大学毕业出来实习时，也和你现在一样。她轻声说。

小医生愕然地放下笔，表情有点尴尬，他开始认真地看眼前这个“人”，不，前辈，之前，他的目光根本就没有真正放在她脸上过。

她站起身，继续保持着微笑，出去了。

喂，喂，大姐，阿姨，那个……

小医生追出来，却只看到她的一个背影。

她走得迅捷而流畅，挺直着腰，像一条美丽而勇敢的鱼，用机敏的弧线穿越候诊的人群，因为走得太快，她不禁又咳嗽起来，咳得声嘶力竭，这恐怖的咳嗽声让所有的人都吓得不轻，他们像神话中被分开的海浪一样，瞬间给她让出来一条白花花的路来。

于是，她带着 38.5℃的体温，卷裹着死神的呢喃，逃也似的穿出医院冰凉的走廊。

二

她打电话给老大，语气平静，老大在那边冷笑，毫不客气地说，神经过敏，是不是天天在自己科室，看着这个病人 M1，那个 M2，搞得走火入魔了？

老大说的 M1、M2，是指白血病分型，只有在血液科你才知道，白血病有几十种分类，分到人群中，每一种都是十万、二十万或者几百万分之一的概率，比中奖还难，这么个事，怎么偏偏就让她遇到了？她也想不通。

自己会是哪类？慢性？急性？M 几？如果是 M3 该多好，M3 是死神给予的一场挑逗，因为死神看到了太多的绝望，担心太多的放弃会让自己玩得不尽兴，便故意在锁上所有门窗的时候，留下 M3 这一丝缝隙，让人看到生命神圣的白光。所以，在所有白血病类型中，只有 M3 不需要骨髓移植，只用化疗就可以救回来。甚至有的 M3 连化疗都不用，用中药砷剂等综合治疗就可以治愈。

没那么幸运吧？她从死神手里抢出过太多人，这一点，死神肯定是不满意的，她想死神不会把这道光送给她，她和他有仇。

喂。见她不出声，老大的声音大了些，很不满地说，聋了？这边忙得昏天黑地，你扯什么鬼？快回来帮忙。想死还早，再说，要死也得死在火线上。

她想，她都要死了，这个冷血的东西，还有心思逼她上火线，如果真如他所愿，也不怕一辈子做噩梦。想到这里，她居然轻笑起来，缓慢地说，三系偏低，肺部炎症，全身乏力，低烧八天。你确定准许我回病房和病人接触？

这下老大有点紧张了，急促地问，你在哪儿？

在家里。

你他妈还在家里干什么？赶紧啊！

赶紧啥？她有些茫然，我现在真不能接触病人。

你不接触病人但是你得回来确定自己的事啊！

我不。她平静、固执地答。

你疯了？

我没疯，我现在比任何时候都清醒。她从桌上的抽纸盒里抽出张纸巾，不知何时，她已泪流满面。还好，电话那端的人根本听不出她在哭。

她就是这么个人，天塌下来都挺着。

好好好，那你好好在家待着，哪儿也别去。到了这时候，她终于从老大的语气中听出着急了，奇怪，他居然会着急，这个人在血液科有个外号叫“煤矸石”，烧不化、砸不烂。

“煤矸石”接着说，怎么个严重法你自己清楚，但是我今天手术排满了，我让小不点去陪你，我一下手术台就过去，咱们商量商量。

别，别让小不点过来。她惊慌起来，我暂时不想让任何人知道。我还有很多事需要计划一下。

你计划个屁。老子这里这么一大帮子人，三甲医院，血液科，硬邦邦响当当，治好那么多人，还搞不定你一个？再说才不过是个外周血检测，又没有做骨穿，骨穿结果没出来之前，你老实待着别瞎猜。我一出手术室就过去，等我，听到了？等我啊。老大斩钉截铁地说着，电话里传出他那边一阵阵杂乱的声音。

她放下电话，今天周二，是科里最忙的时候。

血液科有个习惯，多把骨髓移植手术的时间定在周二，不知从什么时候开始，也不知是谁最早发现的，周二做手术的病人出仓率特别高，于是周二成了血液科的幸运日，也不知从何时开始，幸运日的说法居然在病人间也广泛流传开来，于是，只要自己的亲人手术时机能吻合上这一天，家属们都喜气洋洋。一来二去，周二成了全科室最忙的一天。以往这一天，她、老大，还有老三、老四、老五、老六，都会忙成一根弹簧。

可是现在，没有她，天仿佛也没有塌下来。

三

清晨五点半的血液病房，交班之前最安静的时段，从隔离区玻璃门看进去，亮若白昼的走廊里悄无一人，洁白得像天堂。

说来也怪，通常病房在下午和凌晨三四点，属于病人出状况的高峰期，依老大的解释，借用中医的理论，是因为这段时间阳气将散、戾气正重。而清晨五点是阳气上长、万物复苏的时候，家属和护士都可以放松放松。

老大刷卡打开进病区的隔离门，蹑手蹑脚地拖着她往左边第一间办公室走，这是老大的主任办公室。她本来是心碎的，却自嘲地笑起来，轻声说，鬼头鬼脑的，不晓得的人以为你拉了个女人要私奔。

我要私奔也不找你。老大说完，关上门，拿出已经准备好的一次性骨髓穿刺包，铺好浅蓝色的手术单，朝她努了努嘴。她知道他要给她做骨穿，取骨髓。她迟疑地躺倒在那片浅蓝中，有点慌乱，喉咙发紧，是的，她给数千例病人做过骨穿，但她从没想过，自己会是那个躺着被做骨穿的人。

骨穿位置在胯部，她头发蓬乱地提着裤头，茫然地仰头望着老大。

脱呀。老大已经戴上了口罩和无菌乳胶手套，声音混沌。

她定定神，轻而坚决地说，不要。

老大不耐烦了，说，什么要不要。你揪得那么紧做啥子，又不是强奸你。你不要，现在由得你不要？

她知道老大说话难听，也知道老大等着她和他戗，老大是看不惯她的样子，还没上战场呢，人就㞞了。

她是厌了，从念大学开始，整整二十三年，她从未和这片蓝色如此的接近，肌肤相亲，她混乱地摇着头，眼泪跟着一串串滚下来，她开始哽咽，我不敢做。

老大眼镜下平和的目光倏然变得锋利，像蓝色的刀刃，又来了，又是蓝色，他的声音也变了，变得愤怒——能不能不胡闹？

她继续摇头，眼泪顺着脸颊滴落在浅蓝色的手术单上，像一颗颗深蓝色的珠宝。办公室很静，静得仿佛能听到电流的声音，老大瞪着她，她看着老大，肝肠寸断，如生离死别。

老大不说话，脖子上的喉结在不断上下移动，她知道，他在强忍着。他对她有怜悯？有心疼？

这时候的人受不了这样的词汇，她抹一把脸，猛然坐起来，想要跑。

老大反应比她快，一把把她按倒在床上，气急败坏地撕脱掉手上的无菌乳胶手套，摔在地上，然后去抓她的裤头，她捂着不肯，一边挣扎一边无声地哭。老大不管，沉默地跟她纠缠，一手掀开她的手，一手利落地解开她的裤头，褪到胯间位置，这个位置闭着眼睛他们都能熟练操作一步到位，既不暴露病人隐私，又能最大范围地确保骨穿操作空间。因为位置太敏感，她终于不敢动了，僵持十多秒钟后，她全身的肌肉终于缓缓放松下来。

老大吐了口气，转身，转到一半不放心又嗖地转回来，盯着她，确定她没动，这才走到柜子边，从里面又拿了个穿刺包出来，打开，重新拿出一副新的无菌乳胶手套，边往手上套边骂，死婆子，我就知道，一个包不够你闹腾。

她不吭声，她明白他骂她是为她好，他们一起工作十多年，他知道她是怎样一个人，掉单也好，落势也好，受气憋屈也好，都只能吃枪药，吃不得补药。

没有办法，一个人游在无边无际的大海里，软弱没有任何拯救的作用，要自救，全凭提着的那一口气。

2%的利多卡因打进去后，要等半分钟左右才出麻醉效果，她呆看着天花板，幽然念叨，你说，这穿刺针要穿透他们的皮肤、皮下组织、脂肪、肌肉层、骨膜、骨皮质，最后到达充满骨髓的松质骨，这么一层一层地钻，一下一下地旋，直到钻到骨头里头，这一针，他们真的不痛吗？

痛是为了不痛。老大恶狠狠地说完，开始进针。

她双手揪紧床单，侧着头，强忍着恐惧带来的颤抖，在她的头顶斜上方，是老大的办公桌，桌上有只圆形的玻璃缸，里面养了一条金鱼，那条鱼有长长的丝巾般的尾巴，诡异而美丽，这一刻，鱼一动不动，像被诅咒了的公主。

她也被诅咒了吗？

可她不是公主。一直以来，她都是一条孤独的流浪的鱼。咒语为什么偏偏要跟着她，一直跟着她？

四

老大把那张骨髓细胞检查报告隐秘地递给她时，她正在五楼呼吸科住院治疗，无论怎样，肺部炎症和低烧的问题必须第一时间遏制，说到底，白血病病人最后大都是死于肺部感染、呼吸衰竭、心力衰竭、肠道出血等一系列并发症，这就是一场感冒都可以要白血病病人的命的原因。三系偏低说明什么？说明肠道出血时没有足够的血小板止血，肺部感染时没有足够的白细胞杀菌，身体贫血时没有足够的血红蛋白补充……她曾经给五岁的白血病病儿悠悠解释什么是白细胞——咱们悠悠的身体就是那棵树，病菌是光头强，当光头强要来砍树，白细胞就是熊大、熊二，他们可以打跑光头强，保护好树。

老大面色灰暗阴沉，她看他一眼，他偏过头去，像是他的错。

我，现在是一棵失去保护的树。对吗？

老大痛苦地揪了揪眉毛，他一遇到难题就这样，很可爱。

没关系，她哑声道，我习惯了，像这样子，时不时来一刀子，人生，够狠。

在大树倒下之前，你可不可以帮帮我？我需要一段充足的时间去安排所有的事情。

指什么？

多谷。

我认为咱们第一时间要考虑的是你，不是多谷。

树再高，再粗，总有一天会倒下，对不对，老大？既然都要倒下，所以——

先生吃饭不吃屎，饭到肚里变成屎。老大粗鄙地戗了她一句。

变成屎来多麻烦,不如当初就吃屎。对呀,我也在想,像我这样的人,早知如此,不如当初。

你这样的人,你是怎样的人?你是咱们血液科的权威,你救活若干病人,挽救若干家庭,你不自知,人知。别不把自己当回事。明天转科室,过咱们那边去。

不去。她再次温柔而坚决地拒绝,温柔得让她自己都悲伤起来,低下头,不再说话。

生性冷寒严苛的老大叹了口气,摸了摸她的额头,老大此时神情是那样的忧伤,充满慈爱,和黄桅子自己前两天看箭道社区医院的小医生时一模一样,她知道这目光是对人生的惜别。她扭过头去,注视窗外。

窗外是一棵巨大的桂花树,这株桂花树已经有些年岁了,树冠高大,直伸展到五楼来。已是阳历九月、农历八月的辰光，树上正满枝开着碎金子一般细细的花呢，香气扑进窗来，整个病房香得不可思议。世间那么美好——再往上看，天空蓝得像一汪湖水，让人莫名想流泪。

真香。她说。

老大长长地嘘了口气，像极了窦性心律不齐的病人。他拿起体温计，赌气般甩了甩，塞到她腋下，手指拂过她胸罩的肩带，举止亲昵。

十多年的并肩战斗，何曾如此亲昵过，却是与爱情无关。

她的心突然就像窗外微风拂动的树枝一样晃了晃，晃出一两个人的影子，却都不是老大。

她和老大是知己，跟蓝颜、红颜没关系的知己，他们是一起上梁山当好汉、一起唱不破楼兰誓不还、一起因为救不活漂亮的小姑娘而喝酒摔碗骂娘的那种知己。更多的时候，特别是老大私下喝醉酒后,则把自己和她形容成牛头马面——救不了人的命,反而眼睁睁送病人上黄泉,每天拿着血液检验报告单站在病人的床前,宣告向左还是向右,向右是死,向左是生,他俩都不是左撇子,所以很多时候,习惯性地,他们的手总是指着右。

好不好?听我的。老大小声说,隔壁病床上睡着的病人翻了个身,仿佛表示,打扰我了。

她坐起身来,示意老大给她撑吊瓶杆,两人缓缓走出病房,到走廊尽头僻静的角落。

不。她盯着窗外的蓝天,依然坚决地答。

自己科室,放着这么好的条件你不治?老大憋得久了,有点毛,你灰蛋。

有一个问题比我的病更重要。她严肃地说,不管治还是不治,我都得安顿好多谷。交给谁比较好?

多谷是她的儿子,正在市一中读初中,从预感到自己已经得白血病开始她脑子里就只有一个念头，把钱留下来，给孩子，然后，给孩子找一个可靠而且人家也愿意照看的人。

治好病，你可以照看他一辈子，看他结婚，替他带孩子。老大说。

有几个能治好的？她反问。

老大不满，很生气地说，什么叫有几个能治好的？咱们前段时间进仓十个，出仓七个。有四个是你的病人，你说什么屁话？

出仓以后呢，她盯着他说，我会遇到哪种排异，肠道？皮肤？肝脾？我不是说治不好，我是说，我一个人，带一个多谷，我没有那么多钱，多谷还要读大学、上研究生、买房子、结婚、生孩子……我不能只想着救自己的命。

老黄，你老大的侠肝义胆不是假的。老大说着，用手指戳着自己的胸，有我在，有科室在，钱你不用考虑。

拉倒吧，这些年我和你在一起的时间比你老婆还多，你那个小气老婆够提心吊胆的了，这种时候再拖你下水，算什么？难道让她再来八楼跳一次楼？

老大沉默了。

有些时候，人想做什么是一回事，做不做得了是另外一回事。

先别管那么多，咱们先住院，再从长计议。

不。她再一次强调，第一，我不住院；第二，不准你告诉任何人，你敢告诉别人，我就消失；第三，多谷我自己想办法解决，不拖累你，实在不行，你再上。

但是……

没有但是。

咱们科明明可以……

我知道，可是，你也知道，这么多年，我好累。黄桅子转过头，定定地看着老大，我真的累了，一个人,走了那么久,我想停下来。

梔子,你不是一个人,我代表科室主任,代表咱们团队,郑重地请求你再考虑考虑。老大的表情很痛苦,好像他才是得病的那个。

我不考虑。

你信不信我现在就一把掐死你?!黄梔子,你这样子真的很讨人厌,都这种时候了,你能不能别端着,能不能别搞得这么悲剧、这么高尚?你放松点,当一回真正的女人,把问题交给别人来解决行不行?这世界上有很多可以依靠的人,可以依靠的爷们儿。老大见柔情无用,顿时狂躁起来,举着吊瓶的杆子来回摇晃,看来他是真的厌恶眼前这个只有一米六五,却总把自己当成救苦救难的菩萨的女人。因为她让他显得很无能,比世界上最无能的软体动物还要无能。

有很多吗?她淡然一笑,望一眼吊瓶,吊瓶已经空了，她伸出手，把另外一瓶的开关打开，液体滴答滴答滴下来，光影穿过，折射出一道细小炫目的光芒。

真的有很多吗？她幽幽地问，为什么我活了四十一年，却从未看到？

我……老大正要开口，被她打断——而且，你忘记了一个致命的问题，我是熊猫血，你让我到哪里去找那么多的血？到哪里去找那么多血小板？就算我们熊猫血有互助组织，血可以供，但是，配型呢？正常人都很难找到配型，何况我们这种人。

犹如晴天一道雷，老大顿时面色煞白，一米八的大高个儿，杵在窗边，失魂落魄地看着眼前的她，像是看到了鬼。

是的，他忘记了，她是 RH 阴性 B 型血。

从我二十一岁开始，关于血液的魔咒就一直在我头顶上笼罩着，我和它斗了二十年，我累了，认命吧。她平静地说，我已经很感恩了，至少，多谷的血不是。

老大沉默，背对着她看着窗外，一动不动。他的背影有着草原汉子独有的轮廓和力量，黄桅子想抚摸一下，她的生命里没有这样的背，但她没有动，尽管这种时候这样的举动并不代表什么，但她清楚，这一抚摸，她就成了凌霄，生出依附别人的脆弱，这不可取，她必须是木棉。

浅风过处，一阵桂花香游涉而来，老大受不了，粗鲁地关上窗户，把香隔在外面。生命如此残忍，在绝望处还送一缕花香，催人肝肠寸断。

她仅用手指戳了一下老大的背，问，急性的吧？

老大的后脑勺儿动了动。

几？

M2。老大喉咙里沉闷地挤出两个字符，没有转身。

五

黄栀子开始回想自己的一生。

所谓一生，前面的都雾一般淡了，尖锐又深刻的记忆从一九九五年开始。

一九九五年，江城县，江城中学。

众多即将参加高考的高三学生中，黄栀子的表现很淡定，尽管是农村孩子，她却有一种异于常人的特质，沉稳笃定。关于高考，她只管用心剖透每堂课、每道题，总之是只顾打桩，不问高楼——高考结果会是怎样，她从不去想。

动员会上，校长点名表扬了黄栀子，说，这才是真正的智慧，从哲学意义上讲，是诸如孔子或孟子等追求真理与道义的圣人才会有的精神境界——不因为哪一个王拒绝了他的义而放弃对真理的不懈追求，乱世之中茫茫行走，唯行走和努力本身是最大的意义。今后你们的人生，也当如此。

那段文绉绉的话被学生们嘲笑了很久，一个连马海毛毛衣都穿不起的乡下女同学，天天嚼咸菜干，还能扯上孔子、孟子，也只有爱说之乎者也的校长才有这本事。

黄栀子不笑，她把这句话紧紧捂在胸口。

其实黄栀子比任何人都惧怕高考，乡下的天旱水涝、风吹草动，都有可能结束她的求学生涯，只有考上大学，她才有勇气在比人家外婆还苍老的母亲面前伸出手讨要一沓被汗水浸透的零钱。她的不想背后是不敢想，是校长让她明白，人世间，与其提心吊胆，不如沉着应战。

校长是神，帮她开启勇敢走向光明的大门。

六月末的一天，神一样的校长出现在教室门口，眼光游移，他说，黄栀子同学，你出来一下。

校长跑到某一个班叫某一个同学，这在学校绝无仅有，于是，她在同学们惊诧又羡慕的目光中走出教室。

办公室里，校长怜惜地看着她，像看一只不安又激动的小猫，最后，他用温和得不能再温和的语调告诉她，她的母亲去世了，区公所的电话刚刚打到校长办公室。

下午四点半有一班客车，你抓紧收拾一下，学校安排团委的杨书记陪你一起回家，车费的事情你不用管，学校来解决。孩子，记住，妈妈下葬后一定要回学校来上课，离高考只有十多天了，你必须考上大学，自古华山一条路，你没有退路，只有这条路才有可能闯出新人生。

她整个人都傻了，她还以为校长找她，是要告诉她好消息，比如保送生名额，或者是入团名单。可是，这个不久前才刚刚给了她一束光的校长，怎么能这么残忍地把她推到深渊和地狱？树上的蝉叫声、校长的叮嘱声、校园外面的车喇叭声通通消失掉，她听不见任何声响，也看不清眼前的一切。

不知道自己是怎么从校长办公室出来的，也不知道自己是怎么坐上班车，怎么一路颠簸地回到村里的。路上，校团委年轻的杨书记紧紧抓住她的手，不停地和她说话，她困惑地看着杨书记的嘴巴，还有她代表着毅力与勇气的甩动的发辫，她感觉自己回到了小时候掉进水库时的状态，不断往下沉、不断往下沉……最后，杨书记一声断喝把她救回来，黄桅子，你记住，只要你的意志不垮，天就不会塌下来。

杨书记这话很管用，在她后来的几十年人生中都很管用。

天旱，村口光秃秃的，太阳白晃晃，四野都是刺目的光，一群娃娃兴奋跑来，身后腾起一层层黄沙，他们不知道什么是死，只急着第一时间把消息告诉她，七嘴八舌，姐，桅子姐，桅子姐姐，你妈死了，今天早上一倒头栽在玉米地里就死了。

大人们追上来，挥手就是一巴掌，打得娃娃们魂都找不着西东。然后他们拉着同样失了魂的黄桅子往家里走。她家院子的槐树下站了很多人，看到黄桅子时他们集体沉默下来——人们用隆重的悲伤提醒她，现在她是孤儿了。

她不想看到他们的沉默，那是一种悲悯和施舍，表面上像是温顺的棉布，布下面却全部是尖细的针。

黄桅子捏紧拳头，以异常坚硬的倔强完成了母亲的葬礼。

简单的仪式之后，姨妈也走了，走前把办完葬礼余下的三百多块钱礼金用盐巴口袋装着卷好，小心翼翼地交给黄桅子。

黄桅子把它紧紧捏在手里，几乎捏出水来，这三百多块钱是她从此全部的家当，她今后的一辈子，就只有这三百多块钱，她无法想象，今后漫长的一生，她能依靠的，只有三百多块钱。

她甚至没有机会再跑回母亲坟前歇斯底里痛哭一场，一瞬间，大脑就迅速被“怎么活下去”这个令人惶恐的问题牢牢占据了。站在山岗上，风哗啦啦吹来，带着暑时的燥热，黄沙漫天，打在身上，扑进眼里。她惶然望着山下的小路，姨妈已经变得像蚂蚁一样小了，她呢，可不可以变成一只蚂蚁？这样，她就可以吃土、吃草、吃这世上最卑微的东西，不需要钱来养活，不需要读书。

风把蚂蚁一样的姨妈的声音传过来——女，你妈留的那片林子，全是樟树，是打家具的好材料，还有那四亩地、一栋房、一头牛，咱一点点卖了吧，考大学。

是的，必须考大学。校长说，一，他会每个月拿出四十块钱来供她念大学；二，她进了大学，可以靠当家教来赚每年的学费，只要考上大学，大城市里多的是可以赚钱的机会；三，他可以亲自去她的大学，找校领导，让她在食堂做零工，洗碗什么的，吃饭不花钱，还有工资。

一滴露水养一棵草，你放心，这世上有草就有露水在。

她茫然地看着校长，母亲的棺木放进墓穴时发出的闷响声还在她脑海中盘桓，校长说得再好听，孤儿就是孤儿，大海里有再多的浮木，她也不敢奢望它们能载着她到达彼岸，她照样随时有可能淹死在海里，如果是那样，还不如现在就死在海里，免得提心吊胆。

走在校园里，她用心关注每一棵隐蔽的树、每一个角落：桃树太脆，一吊就断；槐树太细，也不行；蓄水池旁那棵女贞子树合适，可是晚上总有偷偷谈恋爱的学生在那里；老师宿舍背后的石岩高倒是高，可是下面是牛毛毡做顶的厕所，她不想死在那么臭的地方……

班长白河下课递卷子给她时，低声说了句，下晚自习，学校后山天渠见，有个重要的东西要交给你。白河说完，不好意思地笑笑，佯装轻松地吹着口哨，扬长而去。他有修长的腿，还有一头茂密的黑发，走过教室，像风吹过河滩的杨柳。

整个下午，老师上课讲的东西，她一句也没听进去，脑子里两个桅子在打架，一个说去吧去吧，白河笑得神神秘秘的，他肯定是喜欢你了；一个说，你穷得连裙子都没有一条，人家凭什么喜欢你呢？第一个又说，万一人家真的喜欢你呢？

是啊，万一呢，她的心怦怦跳起来，母亲去世到现在，她第一次感觉自己的心活了回来，虽然只是一点点，虽然她还是想着要寻死，虽然她在决定去的时候对自己说，去看看学校后山也好，万一那里正好是个结束一切的好地方呢。

黄桅子默默坐在教室里，面色煞白，内心却波涛汹涌。她才十八岁，她从没有恋爱过，在离开这个人世间之前，会不会有一份爱和祝福陪她走向天堂？

六月夜的月光，像洁白的玉石照耀着山岗，她惊讶地发现，夜色也能如此美丽。

白河坐在月华之下，穿着干净的白衬衣，捧着一把口琴，琴声婉转流畅，像他们值得期许的青春——白河吹奏的是当年最流行的苏联歌曲《莫斯科郊外的晚上》。

深夜，大山静悄悄，整个世界只剩下一对年轻的人儿，夜色多美好，迷人的晚上。

可惜我没资格享受这么迷人的晚上。我是个孤儿。她背对着白河，凄然地说。

你不是孤儿，如果你愿意，我可以做你的亲人。白河放下口琴，无比认真地说，我知道你这段时间在找什么。

我没找。她一惊，矢口否认。

少年笑起来，不跟她分辩，只说，桅子，让我做你的亲人，好不好？

黄桅子缓缓转过身来，她不敢相信自己听到的话，虽然整个下午她都在奢望能听到类似的表白，可她是那么卑微，那么穷，过了今天没有明天。人家班里的女孩子都穿着漂亮的的确良裙子，头发上戴着绸花，她穿的却是姨妈的一件旧衬衣，中年妇女穿的旧衬衣。她的长发又硬又直，像钢丝，因为她没有蜂花洗发水，她只有肥皂。

这样的女孩子，可以跟一个拥有一把口琴的男孩子做亲人吗？他坐在月光下的样子，像王子。

我……不好看。黄桅子不安地揪紧衣角，一时间，从母亲去世那天就一直戴着的盔甲卸落满地，她哭起来。

你好看，你学习的样子，你考全年级第一的样子，都好看。白河说，你现在是灰姑娘，但总有一天你会变成公主。

总有一天你会变成公主。黄桅子愕然抬起头，瞪大眼看着白河，脑子里一遍遍响着这句话，渐渐地，幸福像月光一样笼罩她全身，她突然有了力气，原来，茫茫大海，还有一块浮木在这里，它叫爱情。

可她还是不敢回答什么，月色这么好，像假的，眼前的人儿说的话，或许是梦里听到的，明天的太阳一升起，这个人，这月光，这些话，怕是都会烟消云散。于是，她换了个话题，问，你说有个重要的东西要给我，是什么？

就是我啊，还有这把琴。白河一笑，月光就晃了一下，璀璨夺目。

她呆了，傻傻地接过口琴，薄钢上还留着白河唇间的余温，那是生命的温度。

好半天，黄桅子缓过神来，低头抚摸着它，轻声说，要是有一天，我死了，我会把它跟我埋在一起。

也算是表白了。

白河听懂了，又笑起来。白河有一口整齐洁白的牙，映着月色，月光便又晃了一下。

山岗上，他们小心翼翼挨坐着，一起抬头看月亮，心怦怦直跳，像两只惊慌而美丽的小鸟。

好好考试。许久，他用力地握了握她的手说，还有半个月，咱们一起考大学。好不好，亲人？

好。她的回答乖巧柔软，这声音把她自己吓了一跳，黄桅子，从小和男孩子一起抢柴火和干牛粪的黄桅子，竟然有这样温柔似水的嗓音？

少年的白河，手心干燥温暖，像阳春三月的阳光，照在家乡的小溪上，小溪晶莹透亮，在阳光下闪着成千上万的光芒，脱了鞋踩进水里，那温度像母亲的子宫。

少女的她并不知道子宫是什么样子，也不知道胎儿在羊水里到底是什么感觉，但她就有那么一种独特的感受滑过心底，与生命有关，与爱有关。

桅子，你准备考什么？

考医。她说，脑海里全是母亲倒在玉米地里的场景，若亲眼所见。

我考师范，以后，咱们的孩子，就有一个当老师的爸爸和做医生的妈妈，真好。白河故作轻松地抛出爱情的誓言，说完竟然一甩手，慌里慌张逃跑了。

黄桅子一个人坐在山岗上，看着月色下那一点白越跑越远，她咯咯咯笑起来，笑声惊动一群沉睡的鸟儿，它们也拍打着翅膀四处惊逃。

那一年夏夜，山岗上的月光是黄桅子最美丽的衣裳。

黄桅子在A医科大学读到第三年时，母亲留下的树全部变成别人的嫁妆。姨妈写信来说，女，我还给你留了一棵树，等你结婚时，你要打个啥，姨给你打。

她看着信，眼前全是重影。她有点疑惑，结婚，她该和谁结婚呢？

白河刚来信，说，在学校刚交了个朋友，是个女生，家里有点关系，可以帮他实现在大学留校任教的梦想。

白河一直不想大学毕业后回到他们当初的小县城工作，这黄桅子知道，他从一进校园开始就在寻找留校的机会，他入学生会、当志愿者、参加演讲比赛，忙得每个学期都只有一两次坐火车来看她的时间。

栀子也忙，医科大学的课程很重，远胜过高中，就这样，她还要每周上三次家教课，假期也要打工。她和白河的爱情，基本上只是一封封信而已。

亲人，你说，我该怎么办？

白河没有称她亲爱的，改叫亲人。

栀子明白这一句“亲人”的意思。放下信，栀子走出寝室，一个人到操场上跑步。黄昏，操场的草坪上坐满了谈恋爱的人，一对对美丽的裙子和洁白的衬衣，像当年月光下的她和他。

栀子不看他们，开始奔跑，一圈，一圈，又一圈。

校园广播里传出刚流行起来的一首新歌——

我早已为你种下，九百九十九朵玫瑰

从分手的那一天，九百九十九朵玫瑰

花到凋谢人已憔悴，千盟万誓已随花事湮灭

…………

黄桅子晕倒在操场上。

四天后，白河出现在她的校园里。

站在开满石榴花的树下，她静静地看着他，仿佛从不认识，只是暗中用右手盖住扎过针的左手手背。

他不安地看着她，一口洁白的牙狠狠咬着下唇，因为太用力，以至于唇色苍白。

原谅我好吗？桅子。

好。她低垂着头，回答依然乖巧柔软。只是这一次，再没有阳春三月，只有薄冰覆盖的流水，冷暖自知。

六

系里组织体检，班上都很兴奋，有不少同学还不知道自己是什么血型，听说要验血，都莫名地期待。那时候的血型检验，要等一两天才出结果。她站在快活的人群中间，表情淡然，什么血型跟她有什么关系？自从吹口琴的少年走后，她又是孤儿了。

第二天上午，系主任出现在教室门口，身后跟了两个神情严肃的陌生人，班主任指了指她，同学们的日光便齐齐转到她脸上。

她吓坏了，高考前校长到班里找她的那一幕倏然闪回，她预感到了什么不好的东西，但无法知晓那是什么，只知道眼前有一个黑色的洞，等着她掉下去。

她决定不动，她不动，那个黑洞就吞不了她。

班主任走过来扯了扯她的衣袖，系主任说，要你去一趟他办公室。

我不去。她坐着，双手死抠着课桌，眼睛盯着正前方，眨都不眨一下。

有事呢。班主任说，怎么了？

不去就是不去。她嘴唇颤抖，面色苍白。

系主任走进来，说，黄同学，体检中心有个情况要和你沟通一下。

黑洞像云朵一样朝她飘过来。

原来，她不动也没有办法，它会动。

只要你不垮，天就不会塌下来。那句话又响在她耳朵旁，她咽了咽口水，缓缓站起身，和班主任一起走出教室。

从教室到系主任办公室，是一百四十九步。

两个陌生人亲切地微笑着，坐在她对面的沙发上，系主任坐在自己的办公桌前，班主任则和她一样，疑惑且带点紧张地坐在门旁的板凳上。

是这样，你们班的血型检验报告出来了，黄栀子同学，你的血型有点特殊，你以前知道自己是什么血型吗？

她松了口气，血型特殊，原来不是癌症，她转头看一眼班主任，摇摇头。

你是熊猫血。高个子陌生人说。

你是 RH 阴性血。另一个女的补充说。

她不可思议地看着两个人，下意识地低头看了一下自己的手腕，薄而白的皮肤下面，隐约可见略带黑绿色的血管，与所有的同学没有什么不同。

怎么偏偏自己会是熊猫血？

因为血型特殊，我们今天特意到学校来，跟你沟通。

沟通什么？她自己就是学医的，她明白这个血型代表着什么，稀缺血型，出危险时，难找到供血者。

不仅仅如此，还有更具体的事情要跟你谈谈，这个比较深入，也算是科普，你现在掌握的知识未必细到这个程度。那个，主任，您能否回避一下？女人侧身看了一眼系主任，表情神秘。

班主任一听，跟着起身要走，女人示意她留下来，你是女同志，又是班主任，没关系。

这时，楼道里传来下课铃声，接着一片嘈杂的上下楼梯声和欢快的打闹声，这些声音充满了青春的肆意和晴朗，无所羁绊。

而同样的一栋楼里，她却正沦陷在一道魔咒之中——你是个女孩子，我们有必要告诉你，你生命中的第一个孩子对你来说至关重要。

她的脸顿时就红了。

那是什么年代啊，大家的意识还封闭着呢，对一个女孩子说怀孕，太唐突了。

班主任轻轻拍了拍她的肩膀，安慰她，学医的，学医的。

她抿抿嘴，红着脸点点头。

怀孕对你来说是一件非常重要的事情，你的第一个孩子很关键，在怀宝宝和生宝宝的时候，如果宝宝是阳性，宝宝的血流在你的身体里，你的身体会产生抗体。于是，你再怀第二个孩子就会非常危险——因为抗体的原因，宝宝在你身体里很可能会死掉，就算生下来，也很有可能是黄金宝宝，同样有生命危险。从目前的医疗条件和技术来看，我们提醒你一定要珍惜你的第一个宝宝。

她听得有点糊涂。

也就是说，你最好不要打掉你的第一个孩子。因为一旦打掉，你很有可能一生都没法再有自己的孩子。女人温柔地说，当然，第一个宝宝也需要特别注意。

嗯,我懂了,那么,黄金宝宝又是什么意思?

哦，这是我们平时给这一类病宝宝起的名字，其实就是溶血性黄疸,很危险,你懂的。

她全明白了。

意思是,她在刚刚成为一个新的孤儿时,命运又送来一个警告,那就是,她特殊的血型会让她有可能终生不能拥有属于自己的骨血，她在这个世上,有可能永远是孤身一人。

虽然是夏天,但她全身冷冰冰一片,此刻,她思维混乱,但听觉灵敏,甚至能听到四百多公里以外的老家,光秃秃的山上,大风吹过一棵孤独的樟树,它的某一根枝条正在风中断裂,嚓嚓作响。

楼道里有人在声嘶力竭地学着罗大佑沙哑的唱歌声——轰隆隆的雷雨声在我的窗前,怎么也难忘记你离去的转变。孤单单的身影后寂寥的心情,永远无怨的是我的双眼。

无怨吗?

她咬咬牙,轻声问了一个问题,那么,我的孩子,会不会也是熊猫血?

不一定。除非孩子的父亲也是熊猫血,这样的概率很低,大多数孩子都是正常血型。女人微笑着,向她点点头,仿佛是鼓励她,生吧,你现在就可以生孩子。

多么荒谬的人生。她冷笑一声,转身走出了系主任的办公室。走廊里有风,她挺了挺腰板,她倒想看看,多大的风,能刮倒一棵树。

七

多谷是她和葛蓝的儿子。但葛蓝不是她的丈夫。

这场恋爱是她在山城医科大学读血液科研究生最后一年开始的，为了维持学业和生活，她做着四份家教，葛蓝是她学生的亲戚，经常在学生家进出的葛蓝开始喜欢这个干净利落、眉眼间却带着一丝淡淡忧郁的女研究生，她上课时神采飞扬，一合上书就变得神思游离，让人感觉她经常不在状态，这种不在状态的模样使她充满了神秘感。

但凡年轻的男孩子，总是喜欢有神秘感的女孩，就像探险，能不断发现新世界。

葛蓝每天出现在她必经的巷子里，不断试探她，逗她说话，跟她玩笑。葛蓝是个年轻的体育老师，一个充满阳光的人，他的阳光感染了她，她开始变得也爱说笑和打闹。

他带她出去打篮球、打乒乓球、打羽毛球、游泳，她在运动中感觉自己又活了过来，冻僵的手、冻僵的脚，还有冻僵的血液。

看着葛蓝每一个调皮的表情，看着他在篮球场上驰骋如电、神采飞扬的模样，黄桅子终于走出了冰冻的世界。

很快就到了谈婚论嫁的时候。

她的婚嫁，当然只能靠她自己来谈。

坐在葛家客厅，她不安地搓抚着沙发巾，小心翼翼地把自己解剖了一遍，最后说，她的嫁妆，只有一棵樟树。

葛蓝妈妈坐过来，一把把她搂在怀里，眼泪汪汪，我们家有的是钱，我们不要嫁妆，我们只要你。

多少年没有哭过，这突来的善良打倒了黄桅

子，她开始崩溃，从中午哭到下午，直到连抽泣的力气都没有了。

孩子，没有关系，以后我就是你妈，葛蓝，还有我们家所有人都是你的亲人，要不你就住到家里来吧，别住宿舍了。葛蓝妈妈搓着黄桅子的背，像哄一个婴儿，嗯嗯，乖，不哭。

葛蓝第二天就真逼着她住了过来——我老爸老妈整天忙他们的酒楼生意，你来，咱们两个孤儿凑一堆。

黄桅子听不得“孤儿”两个字，因为听不得，所以无法拒绝这样的邀请。

入夜，黄桅子睡在那个叫“家”的屋子里时，对命运充满了感激，从此她有家了，从此她再也不是一个人了，她不用担心每一天醒来，都要思考这一天怎么才能养活自己，明天又该怎么做。

葛蓝半夜偷偷潜入她的房间，调皮地眨着眼，她紧紧拥抱着葛蓝健康强壮的胸膛，说，你是上帝派来的吗？

葛蓝嘻嘻笑，开心得像个孩子。

她跟着笑起来，在葛蓝怀里朝黑夜骄傲地眨了眨眼睛。

她那是挑衅，你来呀，你来打败我呀。

常规的婚前体检时，黄栀子这才想起自己那天后来光顾着哭了，忘了告诉葛蓝一家，她是熊猫血。

葛蓝听完，瞪大眼，兴奋得一把抱起她，熊猫血，我的天，太神奇了，我老婆居然是熊猫血。

黄栀子看着乐开花的葛蓝，也跟着笑起来，现在她是越来越爱笑了，偏偏葛蓝又是个万事不忧的性格，她跟着他，不开心都不行。因为在葛蓝的世界里，天永远是蓝色的，这样过一生，真好。

两个恋爱的年轻人把世界看得太美好了，他们忘记了有一种东西，叫危险。

这是一个母亲永远不想让孩子面临的东西。

葛蓝的母亲也不例外。

起先，之所以同意婚事，是因为她为自家一个专科毕业的儿子能找一个医科大学研究生做女朋友无比得意，人前人后，说起来都是件体面事。至于黄桅子大葛蓝三岁的问题，对她来说更不是事，女大三，抱金砖，她就比葛蓝的爸爸大三岁。当知道黄桅子家里没有任何牵绊时，她更满意了，她是做生意的，这是大好事，自己家挣的钱，永远不担心儿媳妇用到娘家去。

但是，现在要让她接受一个熊猫血的儿媳妇，她立即不干了。

这可不是开玩笑的事情，你这个血型出什么事很麻烦的，比如生孩子大出血，比如遇上点其他的天灾人祸之类，总之，我不能让我们葛蓝活得提心吊胆，再说，他那么喜欢你，你要出点事，那时候你让我们葛蓝怎么活？

葛蓝傻眼了，跟家里闹，闹得越凶，葛蓝妈妈越不同意——你看看他的样子，你忍心看着他为了你一辈子这么闹腾？你爱他，就该离开他。

她爱，所以她悄然搬出了葛家。

她记得，那天，微明的晨曦是湖水一样的蓝色，她爱的葛蓝还在沉睡中——尽管每天都和母亲抗争，但在宠爱中长大的葛蓝依然还有着大男孩一样的天性，他一边摔东西说要和家里断绝关系，一边向母亲伸手要钱买运动装备。在深谙人世沧桑的黄栀子看来，葛蓝对她的爱是真的，但他对家庭的抗争最终不过是任性而已，孩子气的他担不起他们的未来，到最后，等待她的，一定是葛蓝的妥协。

看透了这一点，趁彼此都还爱着，悄悄离开，总比撕破脸好。

她离开时没有带走任何东西，只带走了一样，那就是葛蓝的骨血。

葛蓝不知道。

没有谁知道。

八

生活没有更好,也没有更糟,离开葛家不久,品学兼优的黄栀子被顺利分配到了医科大学附院的血液科。那是一段忙碌而崭新的开始,对黄栀子来说,最大的改变,是她有工资了,每一天,每个月,每年,总之,她有钱了。

钱是她的底气,她一边上班,一边平静地孕育着肚子里的孩子。

葛蓝的妈妈是个一不做二不休的人,自己的孩子她最清楚什么德行,在黄栀子最忙碌的那些日子,她决然把自家的生意迁到了昆明,而且能量强大地将葛蓝的工作也调到了昆明。

大男孩葛蓝走前来到附院,想见栀子,没见着,那几天,栀子在另外一家医院里待产,生下了多谷。

多谷是她必须生下的孩子，当年来到系里的那个女人说得没错，她拥有一个健康孩子的机会不多，她做母亲的机会同样不多。

未婚生子，这样的事太丢人。大家都想不通黄桅子是怎么了——都是学医的，要避孕很简单，要做人流更简单。你黄桅子这么一个艰苦朴素又用功苦读的农村女孩子，怎么会做出这种事，这太令人震惊了。

院里找她谈话，但黄桅子拒绝回答任何问题。年轻的脸上写满了决然和沉默。这态度激怒了院领导，黄桅子的试用期还没到，他随时可以开掉这个给附院带来“耻辱”的女孩子。

黄桅子挺得笔直，坐在那里，两行泪无声地掉下来。

这决然和沉默的泪水让院领导有点犹豫和不安了，刀子高高举起后，最后还是十分谨慎地落了下来。

一个人就是一本医学书，每个人体、每一种病都是对医生的一场考验。院领导看出这个出身贫寒、靠打工和家教完成学业的姑娘有病，只不过病在心，她不给你看，你再费劲也枉然。既然有病，那就这么着吧。

非议中走过来的黄桅子，除了板着张脸做出一副拒人于千里之外的样子，别无他计，在血液科一路走过来，黄桅子一向保持严谨沉默，她用时间和专业水平将大家对一个未婚生子女人的猜疑和不屑变成了尊敬和神秘。渐渐地，她成了附院的一个传说，偶尔一些不着边际的版本传到她耳朵里，她一笑置之。

附院里的医生和护士们谈到她，一般都是说：那个奇怪的女人。

呵呵，奇怪的女人，总比被命运诅咒的女人好。

作为专业权威，黄桅子与老大业务水平不相上下，唯一的区别，是她是冷的，老大是热的，老大对待生命的态度和她一直有着截然不同的区别。

这是老大能当主任而她当不了的原因，也是他们经常吵架的原因。

最严重的一次争吵，老大冲她砸了杯子，这汉子一向就不是电视剧里那种智慧无比、温言细语的主儿。一时间，会议室里茶水四溅，众人惊诧，唯她这个奇怪的女人风雨不动，稳坐泰山，老妖怪一样，眼睛都不眨一下。

冷血动物。老大骂，你看你给大家带来多少麻烦。

那次的争吵源自一个六十多岁的急转 M5 病人，入院骨穿结果白细胞零点几，血小板只有一个，几乎没什么希望了。亲人要求无论如何试一试，救一救。讨论时，老大主张上一次化疗，冲一冲。黄桅子不同意，说都这样了，回家吧，让一张床位出来，救一个该救的人。

谁是该救的，谁是不该救的，你告诉我。老大阴沉着脸，你以为你是上帝，谁该救谁不该救，由你决定？

她戗上了，谁该救谁不该救，你心里比谁都清楚。

老大火了，我再次警告你黄大夫，咱们不光是医病、医人，还要医心，病人和家属都强烈要求再尽一次人事，咱们就应该尊重他们的请求，尽量冲一冲，而且咱们有很多冲过以后成功的例子，所以，你没有资格轻易对一个生命做出判决。冲过了，大家都心安；不冲，死去的人心不甘，活着的人心不安，明白吗？

归根结底不就是钱吗？黄桅子按压着手中的笔，冷冷地说，他们家有的是钱，烧呗，当然，咱们科也不会嫌钱多是不是?

钱这东西，黄桅子这一辈子都跟它耗上了,提到它,黄桅子除了恨,还是恨。

老大愣住了,他没想到跟他一起并肩战斗的黄桅子竟然说出这种话来。老大从小生长在草原,骑马摔跤打狼,也是有血性的男人,当下就一杯子砸了过去。

黄桅子，不是这个病人该不该上化疗的问题，问题在于你的态度,你不尊重生命,你必须反省。

黄桅子抱着手臂不说话,一脸作死相。

科室的人面面相觑,都沉默了。

事后,科里按老大的方案启动了治疗,结果病人在第二轮化疗时没有挺过来,走了,家属人财两空后,与医生反目成仇,也不知道是谁把黄桅子那番话给传了出去,这一来,家属更是炸锅,立即大闹血液科。

吸血鬼，你们都是吸血鬼，明明知道人都救不活了，还榨干我们家所有的钱。

事情闹了半个多月，出动了院办、公安、维稳众多力量才摆平，老大整个眼眶子都给折腾垮了。

那段时间，整个科室没有一个人主动跟黄桅子说话。

黄桅子知道自己犯了众怒。

其实在血液科，因为家家都是砸锅卖铁来治病，科室没少贴补，大到主任，小到护士，都经常掏腰包给吃不起饭的病人家属买盒饭、租板房。科室有不少幼儿患者，护士长还和省团委搞了个青年志愿者协会，每周来搞志愿服务，变魔术、唱儿歌，尽管都戴着口罩，但那美好的笑声在青年和幼儿之间传递，胜过人间最动听的音乐。再有就是那些捐赠者，默默来，默默去，病人从仓里出来时，身体里生长着新的希望,给予的人却早已悄然离去。总之这个科室是在和死神抢人,而这抢夺的过程不仅仅有家属和医生参与,还有那么多陌生人在共同参与。他们是一个团结的科室,是在与死神搏斗的过程中种下生命花朵的科室。老大还让护士长在护士站里贴了四个字——“勇者不惧”。

这么一个战斗得昏天黑地的科室,却被黄桅子说得如此不堪,实在是过了。

但黄桅子有黄桅子的想法,她认为生命这个东西,一旦到了无谓挣扎的时候,就应该理智面对,与其把钱花在一个毫无希望的生命身上,不如让生者活得更好。

就像血,明明流淌在健康人的身体里,好好的,偏偏要输给那些明知已经没有希望的病人,看着稀缺的一袋袋血浆或血小板送过来,一滴滴输进病人身体，第二天、第三天、第四天血检结果，零还是零，什么也没变，黄桅子心里特难受。

老大说她不尊重生命，其实，她才是最尊重生命的那个人，老大长了个汉子身体，生了副娘娘腔心肠，他懂个屁。

九

清晨，黄桅子被放在枕边的口琴磕痛醒来。

这把口琴，自白河交给她后，一直不曾丢弃，不管吹口琴的人是否还在，那夜月光下奏响的口琴声，永远保存在黄桅子记忆里。她固执地觉得，世间所有乐器，都没有口琴声动听。

这一刻，黄桅子怔怔地盯着它。

关于多谷，她需要把他托付给一个值得信赖的人。多年来，她早已把自己长成了一棵树，自己遮风挡雨，保护自己和多谷，她从没有要去依靠别人，以至于现在要寻找可依靠的人时，翻遍手机，竟然寻不出几个可以打电话的人来。

白河是她第一个想到的人，当年吹口琴的少年早就从大学教师转行，摇身一变，成了副区长、区长、副市长，一直在心中鄙视白河世俗的黄桅子，此刻不得不世俗地想——有一位副市长保护多谷，不管多谷今后成不成材，至少会有一个体面的工作。

选择白河的另一个原因，是这些年白河没少给黄桅子发信息，特别是自他从政后。他好像经常坐飞机。不管黄桅子回不回复，他每次出差上飞机都会给黄桅子发信息说，登机。每次下飞机，也会发，平安。黄桅子觉得好笑，一个八竿子打不着的人，上飞机、下飞机都给自己发信息，是在炫耀吗？除了坐飞机，只要有职务变动，白河也会第一时间发信息讨来。每年高考一放榜，他还会发来当年他们那个县城中学的考试情况，六百分以上多少人，五百分以上多少人。然后加上一句，桅子，当年我要是多考三十分就好了，咱们就可以在同一个地方上大学。

有一次，黄桅子忍不住恶心他，就回了一句，然后呢，不还会遇到一个女同学？

那边打蔫了，回，是我对不住。

所以呢？黄桅子边翻看着病人的血检报告，边回。

我还是你的亲人，桅子，永远是。

好。黄桅子微笑，恶毒地回过去，哪天你来我们医院看病，我让你享受医生亲属待遇。

哈哈哈。那边回过来。黄桅子看着那三个字，仿佛看到白河那一口洁白的牙齿，在记忆的月光下闪闪发亮。

突然就原谅了他。

青春早就不在了，还说那些做什么，不管怎样，没有白河，她估计早死了。

之后数年，她的状况，以及多谷，白河也渐渐知晓了些，两人短信依然，没有暧昧，只有温暖。每次他出差坐飞机发信息，她出手术室或是会诊后拿出手机，都会回一个字，知。有时候出手术室她太累，老大就会拿过她手机，眼神邪恶地替她回，知。

她懒得跟老大解释，孤独的人生，天上地下，有个牵挂，总是好的。

抚摸着口琴，黄桅子发了条信息过去，亲人。

白河几乎是秒回，怎么了？出什么事了？

黄桅子惊讶于他的反应，他怎么就知道不对劲了呢？

见个面吧。她柔软地呼唤，你来。

好，时间？

尽快。

一会儿，白河的电话打了过来，是黄桅子记忆中熟悉的声音，有力而热情，不知为什么，黄桅子的眼泪又掉了下来，她突然发现，要和一个最想见的人说自己要死了，是一件几乎做不到的事情，因为念头刚起，心就会碎掉，碎成无数片，痛不欲生。

白河不知道她的状况，只管在那头飞快地说，我让秘书查了一下行程，只有后天半天的时间，我中午飞你那儿，然后下午跟你见面，吃个晚饭，晚上我再飞回来。有事见面谈，如何？

啊？黄桅子被他的语速搅得几乎回不过神，吸了吸鼻子，茫然地答，怎么都行。

关键是后天你有没有时间，亲人，女侠，你现在是血液科权威。

我……有的是时间。黄桅子咳嗽了一下，强忍着胸中涌起的痛楚，说，最近……我休假了。

那就好，吃饭的地方我来安排，咱们选一个你来方便、我走也方便的地方，这样，咱们可以一起多坐一会儿。白河简洁地说完，挂了。

咱们可以一起多坐一会儿。这话多么暧昧和热烈啊。快二十年了，不曾见面的两个人，天南地北，能一起多坐一会儿，对于身居要职的他和即将离世的她，都太奢侈了。

两天后，黄桅子来到白河给的地址。

这是离区政府不远的一处小巷，带小院的两层小楼，院子里种满了多肉。上得二楼，里面是个静雅的茶室，茶旗是靛蓝色的蜡染布，配着一套天青色的钧窑茶具，花插上简洁地插了一枝观音草。看来，当年吹口琴的少年，艺术的细胞依然还在。

她缓坐下来，自己给自己泡了杯老寿眉。

手机响，白河的信息，落地，稍等。

心怦怦跳，黄桅子有点紧张，走到洗手间，看见了镜中的自己，有点憔悴，没有血色，还有点……老。她迟疑地拿出路上刚买的一支口红，笨拙地抹在唇上，这是她人生第一次抹口红。

士为知己者死，女为悦己者容。

她沦落到了这步田地吗，要靠姿色换取一个承诺？想到这里，黄桅子觉得凄凉，拿起纸巾把刚抹的口红又擦掉点，红着眼走出洗手间，坐了几秒，终究还是焦躁不安，又进去，重新抹上。

好吧，她对自己说，无论怎样，就算是为了多谷。

时间一分一秒过去，黄桅子静坐着，听到自己的心脏在狂跳，越跳越慌张，她突然有了初恋的感觉，那一夜，那轮月亮，那清朗悠扬的口琴声，那泛着白光的穿白衬衫的人……

白河出现在门口时，黄桅子有点疑惑。

这是当年吹口琴的那个白河吗？尽管还是长的腿、茂密的黑发，但神情间已经完全找不到当年的影子，他的白衬衣依然干净顺滑，但不再是青春的味道，他的裤子笔挺，黑色的皮鞋擦得一丝不苟，肚子微微发福，金边眼镜框使他显得很笃定、威严。

整个人，不再是吹口琴的浪漫少年。

她几乎不认识他了。

那么，这个陌生的亲人，十多年未见的亲人，她该怎么和他打招呼呢？黄栀子困顿地看着他，胸中起起落落全是汹涌的波涛，他们曾经是最亲的人，携手走过她最艰难的岁月，他是她最坚实的浮木，带她游过大海，以前是，现在也是。她站起身来，想第一时间跟他说句什么，比如想念、伤心、感激、愤怒……还有死亡。

可是所有正在酝酿着的情感都被白河的一个小举动瞬间打碎。

白河从门口大步流星走过来，老远伸出手，黄医生，幸会幸会。

黄栀子傻傻地看着他，眼睁睁看着白河的手有力地握住自己，摇了摇，又摇了摇。

她还记得当年白河战战兢兢地握着自己的手的感觉，那是爱，是靠近，是初恋，是我想牵着你。

可眼前这个握手多么客套，纯粹是领导和客人相见的握手。黄桅子感到自己被一种绝望和羞辱包围，正想抽手掉头离去，白河的食指却隐隐约约在她手心里轻微动了一下，黄桅子看一眼白河，白河眼角朝身后扫了扫，黄桅子这才发现，白河身后跟进来一个中规中矩的年轻人，手提着包，站在门口。

可是，这算什么，他们明明是亲人。

小苏，过来，见见黄教授，她可是医科大学附院的权威啊，下一步我们与附院的合作，恐怕还要劳黄教授不少神。

小苏便走了过来，很恭敬地叫了声“黄教授”。

没等黄桅子回过神来，白河挥挥手对年轻人说，你去点餐，然后自己在楼下吃点东西，我和黄教授边吃边具体谈一谈事情。七点五十分准时叫我，咱们出发。

小苏便知趣地闪身走了，顺带关上了门。

门一关,气氛顿时就有点暧昧了。白河长吐一口气,坐下来,轻声叫,桅子。

一声“桅子”,光阴瞬间流淌回来,她顿时就委屈了,泪水噙满眼眶,侧过脸去,不让白河看她的眼。

桅子,十多年了,你终于肯见我,我以为你一辈子都不见我了。白河的声音里,带着对旧日的缅怀,口琴声恍若就在耳畔。

黄桅子放心地暗喘了口气。

还抹口红,明明就不会,都出来了。白河温柔地说着,竟然从桌上的纸巾盒里抽出一张纸巾,替黄桅子擦拭起来,那神情和动作,仿佛分手的十几年时光从来就没有发生和存在过。黄桅子愕然呆坐,某一秒,白河的手指透过纸巾碰触到了她的嘴唇,她一惊,整个身体都紧张了起来。

我没别的意思。白河笑着说,桅子,咱们是亲人，我是你唯一的亲人，我答应过你。告诉我，遇到什么事了？

你怎么……知道，有事？黄栀子镇静下来，费解地问。

没事你不会找我，你那么倔。白河了然于胸，说，不光是有事，而且是有大事。

黄栀子点点头，低下头，想一想，再想一想，最后抬起头来，盯着白河，一字一顿地说，白河，我快要死了。

白河一时没听明白。

我快要死了，死之前，我想把多谷托付给你。黄栀子怕自己垮掉，开始转变语速，她飞快地说着，不容白河插嘴，不带任何情感——我有一套房子，没有贷款。五年前买了一个门面，在医院侧门后海花园小区，不大，只有十八平方米，出租给人家卖早餐包子。我还有二十万存款。我想全部交给你，请你帮我把多谷带大。以后，你就是多谷的舅舅。

等等等等。白河严肃起来，身体往前倾，双手伸出来，用力捧住她的脸，哄她，慢点，我听不明白，你慢点说。

她从没有被男人这样把脸颊捧在手心里过，像捧着一件珍宝。白河手心的温度一点点融进她的皮肤、身体，以及心。

她开始流泪，胸口一阵阵发紧，刺痛，她不停地摇头，大哭。

我要死了，白河，我要带着你的口琴死了，求你替我照看好多谷。你说过，你是我的亲人。

白河难以置信地看着眼前哽咽得几乎说不出话来的女人，好半天，他终于意识到了什么，一时间面若死灰。

你是医生。白河急切地说，你不会死的。

医生……也有医生治不好的病。黄桅子感到心脏明显负荷过重，她竭力控制自己，抻长脖子，大口大口地呼吸，像一个濒临死亡的人。

桅子！白河的眼眶红了，什么意思，一二十年不见我，一见我你就说你病了，你是在惩罚我吗？到底什么病？你告诉我。

白血病。黄桅子依然呼吸困难，她又长长地吸了口气，说，治不好。

你自己就是血液科权威，什么叫治不好？白河硬邦邦地说，我不信。

黄桅子看着白河，泪眼模糊，那年，和你分手后，一个月，学校体检，他们告诉我，我的血型是RH阴性血。我不好找配型的，找不到的。

白河整个人都定住了，呆了好半天，你从没告诉过我。

那个时候，告诉跟不告诉，有什么分别？黄桅子说。

白河沉默了，牢牢盯着黄桅子，生离死别一样，眼眶红得厉害。

好半天，白河搓了把脸，把眼泪收进掌心，缓慢地说，我都快五十岁了，你才来告诉我。你让我回去的时间都没有。

我不要你回去，也不求你回去，白河，我只想把多谷托付给你。我没有谁可以托付。

不。白河失去控制了，不停地摇头，愤怒地说，绝对不行，除非你去治病，缺钱，我有，要我管多谷，我不！

我求你了。

不！白河紧咬住下唇，像当初离开黄桅子时一样，艰难酝酿并做出决策，先治病。

你不答应，明天我就消失。黄桅子说，我可以明天就死掉，也可以后天。或者你答应我，那我就再多存在一段时间，三个月，或者半年。你知道，我和你，咱们都是一样敢下决心的人。

白河愣了。

坚强的黄桅子，没有什么做不到的，包括死。这一点，他清楚，就像她当年瞒着所有人，坚强地生下多谷，且一个人艰难地过到现在。

白河颓然地垂下脑袋，正要答应，手机却不合时宜地响起来，白河怔怔地望一眼手机，默默挂掉。手机接着又响，一声接一声，白河不耐烦地接通，恼怒地问，谁？

不知那边的人说了句什么，黄桅子明显地感到白河表情的变化，他望一眼黄桅子，用手捂住了话筒，好像生怕黄桅子的抽泣声传过去。最后，白河轻声说，好的，我今晚就回去。我知道，我会处理好的。

挂掉电话，白河饱含歉意地说，那个……谁，事太多。

黄桅子笑笑，说，她？

啊？嗯，嗯。白河的表情有点复杂，欲言又止的样子，然后烦乱地搓太阳穴。

你跟她说来见我？

没有，没有。白河迅速答，我没跟她说，是……那个，小苏，可能是小苏。

她要你早点回去？

是，白河眼神游离，敷衍答着，是是。

黄桅子举起杯子，将里面的茶徐徐倒在茶海里。

白河不吭声，气氛渐渐凝固下来。

黄桅子不傻，知道刚刚这个电话，意味着什么。但她依然想试一试，为了多谷。她从提包里拿出一只信封，推到白河面前，遗书、卡、房产证，所有的东西都在里面。我并不想破坏你现在的家庭，只是除了你，我的确不知道这个世界上我该去找谁，我没有朋友。

白河惧怕地往后缩了缩，面有难色，桅子，我觉得，咱们还是先治病吧。死不死的，别说了，不吉利。

我说过，我不想治，我不想把钱花在治病上，我要留给多谷。

多谷需要的不是钱，是你，是母亲。

不。我知道钱对一个孩子有多重要。你知道吗，白河，当年我妈死的时候，我所有的念头不是我妈死了，而是我妈死了，我怎么办？因为没钱，因为穷，我姨妈卖光了我们家的房子、木料、树。大学的时候，我要打三份工才能凑齐交学费的钱，为了打工挣钱养活自己，我甚至没办法去你的学校看你。你不知道，这世界上，要是没有钱，该怎么活。

当年你完全没有必要过得那么苦，桅子，我早就想说你，大学学费和生活费陈校长都替你交了，你整天除了钱还是钱，连我过来陪你你都三心二意，在我耳朵边说来说去都是钱。

不，我没有要陈校长的钱，我自己赚钱，大学毕业的时候，陈校长给我的所有钱我都还给了他。黄桅子自豪地、悲壮地答。

白河瞠目结舌地看着眼前这个女人，这个自己承诺要当她一辈子亲人的女人，这些年她到底是怎么走过来的呢？独自一人，独自承受悲欢。

他有一种冲动，想要上前拥抱她，但他不敢。他知道，一方面，黄桅子现在最不需要的就是拥抱，拥抱是火，会把她所有的冰都融化掉，而她现在所有的坚强，其实都是水结成的冰，一旦化成水，黄桅子就再也站不起来了；另一方面，有些承诺和有些事，他不能做。

敲门声响起，小苏进来了，提醒他，白市长，厨房马上上菜，吃饭一个钟头够不够？咱们离七点五十分还有一个小时。还有，明天一早有个会，书记临时召集的，说您必须参加。

好。白河头也不回，挥了挥手，一脸公事公办的表情。

小苏的穿插和上菜打乱了白河和黄桅子的节奏，两个人像木偶一样坐在桌子的两端，黄桅子干看着满桌子的菜，难以下咽。

白河则有一筷子没一筷子地吃着，吃两口，放下筷子——

桅子，我，实在是……有点麻烦。

什么？黄桅子面无表情地问。

关于多谷，要是他大一点，或者说已经上了大学，以后要找工作、谈恋爱把关、帮着买房子什么的，都不是问题。只是，现在多谷才十四岁，我又是副市长，组织管理又比较严，你的财产要让我保管，这属于重大事项，按规定必须得报告。本来咱们两个，也没什么事，可现在的人，多心，总会往别的方面去想，我怕说不清楚。多谷呢，我要是带到家里管,家里那位恐怕也不好说话……咱们的事,她一直是知道的。怎么说呢,我不是怕她和我闹,我是怕多谷受气。再者,眼下,我也有个事,关于考察的事……总之,我们当领导干部的,百十双眼睛盯着,很多事,真的不好办。

黄栀子听白河说完,心沉到了底,她看着眼前这个愁眉苦脸却又衣着鲜亮的男人,他走到今天,是放弃爱情的结果,既然已经输掉了爱情,绝没有在十多年后为了旧时情分又把今天的地位和家庭再赔进去的道理。看他的穿着打扮,他是如此地爱惜自己的羽毛,她黄栀子怎么傻到想要把多谷托付给他呢?曾经靠不住,往后自然也是靠不住。

黄栀子微微笑了,细声却尖锐地说,对不起,我以为天上地下你都来信息,是因为你是我的亲人。

天上地下都发信息,是因为远,安全。白河孤注一掷地把碗推到一边,自嘲地说。又用牙咬住下唇,艰难地坦白,我想赎罪,一直想,我也想你,正好你隔我远,又不肯搭理我,大家都挺安全的,所以……

黄栀子听不下去了,人家只是调情,她居然还来自取其辱,黄栀子,你是眼瞎了。她霍地站起来往外走。

栀子栀子栀子，我的意思是咱们还是治病吧,治病是上策。白河慌了,腾地站起身来拦住她。

白市长,后会无期。黄栀子冷冷地推开白河的手,从包里掏出一件东西,狠狠砸到桌上。

白河认出来了，那是他当年送给黄栀子的口琴。

但愿从今后,你我永不忘,莫斯科郊外的晚上……

白河鼻子一酸,紧赶两步,一把从背后抱住黄栀子,治病吧,栀子,我求你,咱们去医院,听话。

黄桅子挣脱他的怀抱，仔仔细细看一遍白河，讥笑道，白市长，请自重，随便抱女人，也是重大事项，要报告的。

十

接下来怎么办？你找不到人托付的，我跟你说过，全世界，只有靠自己才靠得住，当然，还有我。老大小声说着，人半蹲在地，他在给她打针，这活儿自从当大夫后很少做了，他小心翼翼。

她斜坐在沙发上，笑说，你这样子，要是手里不是针筒而是花，我还以为你是要向我求婚呢。

天下女人都死绝了，也轮不到你。老大语气中带有不屑，手却拿着酒精棉签，轻柔地擦拭着她的臀部，还嬉笑道，看不出这屁股还挺白。

滚！她责骂，然后收起笑容，提起裤子，俯下身盯着老大，我决定找多谷的爸爸。

你要不要那么贱？老大冷哼一声，当年人家爹妈为了躲你这个洪水猛兽，店关了，房卖了，把葛蓝的工作也调走了，举家逃窜回老家云南，你还要怎样？再说了，葛蓝那只长不大的小卷毛狗，这些年也没见雄赳赳气昂昂跑回来过，这样一只长不大的泰迪，你把孩子托付给他？你还是算了吧。但凡姓葛的对你有点情分，也不至于十四年了一点联系都没有。你呢，给人养了十四年儿子，现在还要上演一出苦情戏给人家看，你这是丢尽咱们当医生的脸。

不管怎样，他是多谷爸，他有权知道，他有个儿子。黄桅子说。

当年也不见你说人家有权知道他有个儿子。

此一时，彼一时。黄桅子说，我要死了。

老大心头一阵寒，叹口气，软下来，说，电话呢？天南地北，怎么联系？

我还有他亲戚的电话，就是当年我给补英语的那个孩子，孩子一直跟我有联系。

试试。老大站起身，又摸了摸她额头，嘀咕，好，不发烧了，可你这人怎么净做些发烧的事？说完去给她打果汁。

黄桅子真就拿起手机打了过去，边听，边叫老大，快，帮我记一下，一三九，啊，三六……

老大赶紧掏出手机记下来，再弄了一杯果汁、一杯热水，放到茶几上。

水果记得洗后要用开水烫了再打汁，药在这里，三点钟吃一次，晚上七点再吃一次，我值完夜班再来看你。还有，明天周五放假，接多谷，我去。

黄桅子摸了他的大腿一把，真心说，谢谢你。

谢谢我你也不能吃我豆腐。老大扭了扭，退到茶几另一边，脸上是很吃亏的表情。

你说，上辈子咱们会不会是夫妻？黄桅子开玩笑说。她向来严谨自律，很少开玩笑，尤其是男女之间的玩笑，但这段时间她老跟老大开玩笑，老大越躲她越来劲。

老大知道，她其实是紧张，而且恐惧。

这世上没有人不害怕死亡。

是啊，上辈子咱们是夫妻，这辈子是搭档，再下辈子，又是夫妻，所以我老婆整天提心吊胆，生怕你把我拐了。老大把手机里刚记下的葛蓝电话转发到黄栀子手机上，这才绕回来，远远伸出手拍拍她的脑袋，听话，风大，不要出去，体温状况再稳两天就好了。我走了。

风再大也要出去。

还好，昆明的天气不错，黄栀子走出机场，小心翼翼地摘下口罩，飞机上，邻座一直在咳嗽，搞得黄栀子很紧张，她目前的白细胞只有二点几，任何的风吹草动，都有可能让她倒下。

葛蓝短信里给的那个地址并不难找，沿着公园路一直向前就是。已是傍晚，两旁的小广场上到处是跳坝坝舞的老人。据说在西南三省，没有一座广场不被跳坝坝舞的老人们攻占，活到老，皮到老，还真有意思，听他们开的这个音响，是要冲到天上去的架势。

气压和湿度的原因吧，路过音乐声震天响的广场，黄桅子胸口有点发闷，停下来休息了好一会儿，才继续往前走。

葛家的休闲山庄前果然有一株巨大的三角梅，瀑布一样挂着，开满紫色的花。小四合院面积不大，也开满了花，绣球花、紫薇花、太阳花、阿拉伯婆婆纳、酸浆草花、玻璃海棠……让人感觉全世界的花都开到了这里来。黄桅子不禁想，葛家的儿媳妇，会是个怎样明丽如花的女人，总归比她这个只会做手术的无趣女人强。

想着，她找了秋千旁的铁艺座椅坐下来，开始打葛蓝的电话，却没想到接电话的是一个女声。

我找葛蓝。她迟疑了一下，说。

我知道你找葛蓝。对方直爽地说，啥子事，我是他媳妇。

黄栀子有点意外，之前她一直和葛蓝是短信联系，难道，这两天和她联系的人，都是葛蓝的爱人？

你到了是吧？那头说，我看到院子里坐了个美女，你往上看。

黄栀子抬起头，看见二楼木窗户旁站了个身形瘦小的女人，三十多岁的样子，长相很机灵，有着西南地区女人特有的玲珑感，但神色明显很憔悴。

一会儿工夫，女人端着一杯水，来到院子里，腰上系着围裙。

黄栀子尴尬地笑，说，老板娘也亲自下厨？

啥子老板娘。女人歪嘴苦笑，回头指着院子说，两楼一底，外带这个院子，都不是葛家的了。

什么意思？

你先说，你找葛蓝做什么？女人狡猾地眨眨眼，有点调皮，也有点戒备。黄桅子突然觉得这女人有点像当年的自己，那时候，她跟着葛蓝，他们一起打球、游泳，她刚开始学会放松时，也是这样，带点调皮，带点戒备。

我……是他的一个老朋友，我们曾经是球友。

你短信说找他有事，有事你说吧，还非得赶到昆明来。女人嗓门儿有点大，像是不太高兴。

这事，我得亲自跟葛蓝说。黄桅子为难地答，四处张望，葛蓝呢？

你怕是见不着葛蓝。女人把水递给黄桅子，拍拍手麻利地说，他进去了。

进哪儿去了？黄桅子不明就里，边喝着水边问。她着实渴了，水温温的，十月的天气，这温度正好。

能进哪儿？戒毒所呗。女人喊了一声，仰头看着小楼，又看看开满花的院子，愤愤地说，吸粉，个死鬼，恁大个家业都吸完了，人都吸垮架了，恁好的院子，没得了。

正喝水的黄桅子一下子给呛着了，咳了好半天，咳嗽让她的胸口一阵刺痛，她捂着怦怦直跳的心，直瞪瞪看着女人，声音都变了，吸粉？怎么可能，葛蓝，那么阳光的一个人，那么健康？

是啊，恁阳光，恁健康，就是天天忧到一个以前耍的女的，忧到忧到地就跑去吸粉，吸他妈的鬼，我跟了他是一天好日子都没得到过。女人骂着，用眼角瞄黄桅子，你莫不就是那个女的？

黄桅子吓坏了，赶紧摇头。

哦，我还猜是你呢，不过看起来也不像，他说，那个女的是个医生，你看起来不像医生，倒像个病人。女人说话俏皮风趣，不像是男人吸粉、家业盘光的样子。

黄桅子半信半疑地望着她，说，葛蓝都……那个了，你怎么还能这样子说话呢？

要不我怎么说话？女人摊开手，道，就算天塌下来，人还站着，就不是个事。我怕个屁，他们盘得去家业，盘不走手艺，三十年后，又是一条好汉。我是打不死的小强。

黄栀子敬佩地看着眼前这个小巧玲珑却又说话粗糙有趣的女人，她以为自己已经很可怜、很坚强了，却不知道，人世间每个人都各自有着各自的伤，葛蓝的妻子明明眼前已经山穷水尽，人家偏偏还能站在这里说俏皮话。比起整天板着脸的自己，强多了。

黄栀子站起身来，缓缓往外走。

女人冲她背影喊，你还没说找葛蓝啥子事呢。

我……黄栀子回过头，笑笑，本来是……借钱，这辰光，算了。

女人瘪瘪嘴，表示无计可施，大声道，要钱没有,要命我有一条,对不起了,大姐,你慢走。

慢走,还是漫走呢?她在昆明街道上,找不到方向,昆明的风是温柔的,街道上、院子里、窗户旁到处开满了鲜花,热烈而澎湃,她行走在这片花的海洋里,却无法活成花的模样,让人爱,让人怜,自始至终,她都是一棵孤独的树,无处可依。

可笑的是她努力地吃药、打针,努力地恢复身体,然后坐着飞机到昆明来找一棵树,找来找去,还是只有自己。

她返回机场,在候机室里给老大打了一个长长的电话。

她如水般轻柔地倾诉——老家,母亲的山林,姨妈给她留了一棵树,樟树,出嫁的时候打成家具,是好嫁妆。

她本来是当作遗言在叙述的。

老大却说,冲那棵树,你也得给我好好活下来。

树,是啊,树。她莞尔一笑,说,大学的时候,我读三毛,里面有一篇写树的散文,我背给你听——

如果有来生,要做一棵树,站成永恒。

没有悲欢的姿势, 一半在尘土里安详,一半在风里飞扬;

一半洒落荫凉,一半沐浴阳光。

非常沉默、非常骄傲。

从不依靠、从不寻找。

老大,有时候,我觉得我就是老家山林里那棵樟树,唯一的一棵树,我就是全家的血脉,是父母的延续,是未来的依靠。

所以,你很棒,你是全世界最棒的一个。老大称赞她。

可是我现在累了,想休息。老大,我只是想找个人替我照顾多谷,为什么我找不到?

因为多谷的树是你呀。就像你,你只有一棵樟树,多谷也只有一个你。

可是我要死了。

关键是你现在怎么死?姓白的靠不住,姓葛的没得靠,靠我我老婆又要跳楼,多谷的事安顿不妥当,你怎么死?现在,我问你,要不要接受我的建议,冲一冲?我一直尊重你的选择,替你保密,但我也随时为你提供后援支持。你和别人不同,别人只有一位主治医生,你拥有整个团队。

我是熊猫血啊。她轻吐一口气,像吐出一口血。

这是问题吗?我可以给你找无数的熊猫侠。

嘁,吹牛,还熊猫侠。她眼泪顺腮边滑落。候机厅里人来人往,整个世界人来人往,她却无处依靠,什么熊猫侠,她身边连个人影子都没有。

乖,咱们冲一下好不好?老大继续哄着她,温和得像母亲,不要轻易放弃生命,不管对病人,还是对自己。配型的事,不急,再难,总会有的。

可是我怕我等不到,生命是脆弱的。她答。

生命无所谓脆弱,关键是意志。你说到树,我想推荐你去看一棵树,你去看了它之后,再告诉我,你要不要咱住院。

在哪里?

在巴林。

巴黎?

不,是巴林。老大的声音在那头像湖水一样温柔地漫过来,在中东,有一个很小的国家,叫巴林,它小得就跟你一样,在人海茫茫,不,国海茫茫中,没有多少人会注意到它。在巴林,有一棵树,独自长在沙漠里,也跟你一样,一个人,它的四周没有一口井,没有一滴水,可它却在那片沙漠里存活了四百多年。

心突然就动了一下，那是棵什么样的树，独自长在沙漠里，跟她一样？它苦吗？它的叶子会不会像她现在的面容一样，憔悴又干枯。

桅子，我觉得，就算你要死，也该去看看那棵树，也许它是在人世间、在世界的另一边的另一个你。老大的声音像每一次深夜送她回家时，在车里哼唱的呼麦一样，从遥远的地方传来，低沉、徐缓、充满魔力，直透人的内心。

那棵树，叫什么？她问。

我不知道，你去，然后回来告诉我。老大答。

好。她挂掉电话。

说不清什么原因，她心里有一丝力量在生长，她想去巴林，想去看一看那棵沙漠里的树，那个，也许是另外一个她。

十一

我就说，黄栀子这种人，只要你不给她退路，她就绝对死不了。老大在微信里狠狠说完，整个人松了口气。

这段时间，他真是累坏了。科室里的事、病人的事、栀子的事。

正进安检的白河听到这则语音，也松了口气，这个男人还真是对栀子上心，看来，他的判断是正确的，幸好那天和栀子见面时他及时打来电话，不然，白河真有可能就答应了栀子——他欠她一辈子呢，不能照顾她，至少替她照顾她的孩子，他会把多谷当成他和她的孩子来养的。

是这个科室老大打电话来阻止了白河。

以栀子的性格，决定死是一瞬间，决定治也是一瞬间，她果断，很少反复，要让她决定治疗，你必须拒绝帮助她。你听着，你只管断她后路，其他的我负责，你跟她说完就立马走人，记住了？

白河当时握着手机，看着对面的桅子，只有含糊着回答，我知道，我会处理好的。

那一夜登上回程的飞机时，白河感到自己很颓废、很痛苦、很酸涩，总之若干情绪堆积，搞得他快要窒息。他拿着手机，习惯性地要给桅子报登机的信息，却发现自己已经没有资格再发了。可是不发吧，他的心缺了一角，十多年，都习惯了，她是亲人，最可怜、最孤独的亲人，他欠她的，而且她病了，就要死了……想到这里白河全身的力气都在消失融化。发吧，对桅子和他都是一种羞辱，一个多小时前，是他自己亲口对桅子说的，发信息的原因，不过是为了玩味一份对自己而言没有危险的暧昧。

暧他妈的昧。

这是怎样的一次相见？十多年前，他负了桅子，十多年后，桅子求到他面前，他又再一次负了人家。

他忘不了刚才黄桅子把口琴砸在桌子上的眼神，冰凉、绝望，却又像暗夜里燃烧的怒火。

他差点就要冲口说出真话——其实他给她发的每一条信息，并不是他妈的什么暧昧、什么安全，他只是想让桅子知道，万一再有一次难熬过的坎，有他在。他知道她这么多年过得并不好，单身女人，带一个未婚生的儿子，怎么可能好？

但他不敢，因为那个该死的科室老大在电话里说——我们搭档十多年，我是她老大，我比你更懂她，你给她一条退路，她就会全心全意只想一件事，死。你不给她退路，她就会为了多谷争取一次活下去的机会。

白河那一刻心中充满醋意，他更懂她？他想问他，你们一起在月光下坐在山岗上吹过夏夜的风吗？你们一起手牵手相约过高考胜利吗？

但他问不出口，生死大事，容不得他小情小调小酸小醋小心思。

他只有按桅子的老大说的去做，哪怕这样，让他在黄桅子面前变成一堆臭狗屎。

也许是感受到了白河心底的不甘，桅子的老大在那边轻轻叹口气，说，听我的吧，你们家的桅子，需要用猛药才能冲活过来。

你们家的桅子，多动听，是的，桅子是他的亲人，是他们家的桅子，白河的心底流过一阵暖流。

他要桅子活着。

流量控制的原因，飞机一直没有动，白河呆坐了好半天，想了想，终于还是拿出了手机，慢而坚决地输入两个字，给桅子发了过去。

登机。

很快,手机振动了一下。

是桅子回的信息,只有一个字。

滚。

白河笑起来,他们家的桅子,亲爱的桅子,发出这个字时得多么愤怒啊。他可以想象出她咬牙切齿的样子、生龙活虎的样子、脸涨得通红的样子,那些通通都是一个人有力气、有决心在这世上好好继续活下去的样子。

真好。

白河想,再等个十几二十年,等他要死了,要走在她的前面了,他就可以告诉她了,他不曾想要任何暧昧,他要的、给的、所期待的,只是亲人的爱。想到这一节,白河真希望自己马上就可以死去,那他就可以早一点把这些告诉她,然后镜头感十足地要求桅子和那个鬼老大"还自己清白"。

还自己清白,呵呵,想到还有一个比自己被污得更惨的葛蓝，白河忍不住笑出声来，眼前的视线却模糊了。

飞机开始缓慢滑行、加速，最后轰然离地，直向云天。

天气很好，白云朵朵如花，蓝天如洗。

白河副市长静静地看着窗外一望无垠的云海，默默地对着某一朵云说，桅子，你要好好的，我们都要好好的。

污葛蓝的人当然也是老大。

对葛蓝，老大下的手比对白河狠，他不想这个人在黄桅子最后的时光里冒出来做上帝。这时候不搞搞葛蓝，都对不起他“老大”这个名号。

果然，当他告诉姓葛的他在人世间还有一个儿子时，姓葛的第一反应就是要飞回来、扑回来。哼，回来？也不想想，黄桅子顶着流言蜚语十四年怎么过的，凭什么把多谷白白送给他葛蓝？

而且，老大最烦的就是这姓葛的玩意儿在电话那端顿时就哭开了，哪里像人家当副市长的白河，听着电话毫不慌乱、稳稳当当、滴水不漏。

他立即威胁他，要来认儿子可以，一并给黄桅子收尸。

葛蓝马上就㞞了，怯怯道，孩子……叫什么名字？

多谷。

多谷，对了，是多谷，葛蓝想起来了，他曾经和桅子相约过，以后结婚生孩子，女儿叫多米，儿子叫多谷。

她当初为什么不告诉我呢？葛蓝伤心地说，她太狠心了。

她狠心？明明你就是只长不大的泰迪，一个男人，能丢下未婚妻，和全家人逃到昆明去，还说她狠心？我也是佩服，凭你这本事，你就活到老，也还是衔着奶嘴的货色。

葛蓝没心思听他恶心自己，只想着要见桅子。

老大根本不理会他，说，见桅子？她现在满世界找你，就等着把多谷交给他亲爹后，自己安心去寻死路。你是见她还是逼她死？

可我真想见桅子，她病了，她一个人，那么遭罪，我想看看她、安慰她。

老大听着，觉得这条泰迪还有点良心，他本来是想让葛蓝把手机给家人，然后搞出个葛蓝已经死了的假象出来，但是老大觉得这个桥段不太可行，万一桅子一轴起来，要去哭坟呢？不管怎样她和他总是生了个儿子出来的。且眼下人家表现还是不错，咒人家死好像也不地道。

于是说，见可以，但你得让她不安心，不敢把儿子交给你。

葛蓝愣了,啥意思?

装呗。老大强忍住心头要作恶生乱的得意,说,你装成个头上生疮、脚下流脓的烂人,吃喝嫖赌、杀人放火,随便什么都行。越不是玩意儿越好,凭黄桅子的个性,绝对不会把儿子交给这种人。

葛蓝不干,好好的,儿子没见着,老子倒成了臭不可闻的烂人。

你不是烂人你还是好人啊?好人丢下未婚妻和儿子十四年?你大爷。老大破口大骂。

好好好,我是烂人。葛蓝投降,只要能救桅子,你保证,这样做能救桅子。

我保证。老大斩钉截铁地答着,其实心里也够虚,不过想着自己替桅子摆了两个负心汉一道,还是很满意。

你们不入地狱,谁入地狱?

眼下，一切剧情都在老大掌握中进行，黄桅子也明显表现出了一点斗志，老大觉得云开雾散，用梁山好汉的话来说，是十分受活，便吹着口哨进了病区，很快，便有病人家属兴奋地朝他围了上来。

在他们眼里，老大心情好，说明又有人给捞回来了，不管这人是谁家的，有人活过来就是好事，在血液科，每一个挽救过来的生命都是对其他生命的加持。

这种加持，叫希望。

总有一天，黄桅子会明白，她的活着，也是对其他生命的加持。

十二

半个月隐秘的异地治疗休整后，黄桅子决定出发了。

老大取笑她，要不要写封遗书，或者告诉多谷点什么？

她白了他一眼，她目前的状态并不糟，打人和恨人的力气是有的。不知道老大从哪里给她搞到那么多血小板，白细胞也通过打升白针升了起来，就目前而言，她病情最大的风险是出血和感染，有了这两个保障，长途飞行对她来说不是大问题。

真正的问题是回来之后到底怎么办。

回来再说回来的事吧。老大站在机场安检口，拍拍她肩膀，轻描淡写地说，顶多是个死，你劝病人回家的时候，不也是这么说的吗？

她语塞。

知道自己很坏很坏了？他扬了扬眉头。

我……她有点愧疚，想说什么，却组合不出来。

没时间听你唠叨。天亮之前，我还要赶回去查房。你不在，我苦啊，得一个顶俩。记住，回来告诉我，那是棵什么树。老大说完，打着哈欠一摇一晃地往回走，那样子十足是累坏了。

去巴林没有直航的飞机，在迪拜机场转机时，靠窗而坐的黄桅子看到了机场外缘无边的沙，而跑道仿佛是在沙漠中抢出来的一道银色溪流，貌似随时会被沙吞噬，却神奇安全地延伸到前方，她想起了人体的血管和血脉，和那些与死神抢夺空间与时间的病人与战友。

黄桅子突然无比想念在科室里奋战的那些日日夜夜，这些年，她其实一直在和沙漠抢跑道，每一次病人和家属的配合和努力，都让她心存感激。

但总是有人不断打破这份珍贵的努力。

多谷三岁生日前后，她经手了一个病人，入院时血小板已经低到只有一个，基本相当于没了水龙头，只要出血，根本就止不住，小护士紧张得一再叮嘱绝对卧床、绝对绝对卧床。病人倒好，一个不留神，和家属溜到医院门口的餐馆里去吃火锅，说是住院前好好吃一顿，慰劳慰劳，结果这一顿火锅还没吃完就肠道出血，拉上来抢救。家属吓得人都瘫了，跪在地上不停地哀求，医生，救救他，救救他，求你们了，只要能救活他，我们全家砸锅卖铁都愿意。

她和全科室的人全力以赴整整四天四夜，全血和血小板一袋一袋地冲，总算把人救了回来。第五天，刚消停，傍晚，人又不见了，全科室楼层天上地下地找，下面打电话说有人跳楼了，看病号服，应该是血液科的人。

病人是从晾衣台跳下去的，他也真能跳，三米高的铁丝网，也不知道哪儿来的力气和本事翻上去的。有那本事和勇气，好好治病啊，跳什么楼呢？再说了，要跳回家去跳啊，在医院跳什么跳？整个科室的人都围着他转，忙了四天四夜，为了要袋血小板，天天和输血科搞得跟打架抢人一样，他倒好，说死就死了。

治不起。家属面对科室的痛心，木然地说，人都在医院跳楼了，抢救的费用，收不收，你们看着办吧。

愤怒的黄桅子愣住了，她意识到自己又要背锅了，这是她的病人，在医院跳了楼，家属不闹事就很好了，要人家付住院费，想都不要想。

至于费用算在谁头上，也不用想。黄桅子无悬念中奖。

那一次之后，黄桅子对病人基本就采取了听之任之的态度，治不治，你们定。上不上呼吸机，你们定。用不用抗生素，你们定。

医生，我们完全不懂，你帮我们定好不好？或者你告诉我们，有希望吗？有希望我们砸锅卖铁都治。

砸锅卖铁？黄桅子再也不相信这话了，她要是一路相信下去，砸锅卖铁的人就是她。

黄桅子对病人的态度从此转变，很多时候，对于要不要冲一冲，她的态度很冷静和决绝。不是害怕背锅，而是，她觉得，有时候，延长一段毫无意义的生命，本身就是一件毫无意义的事情。

她的态度在血液科影响了一部分医生和护士，也就是说，一部分人站在她一边，一部分人站在老大一边。

老大和她产生的所有分歧症结都在这里，除了这个，他们是最亲密的战友。

老大曾经多次警告过她，不要自以为是，她的那句“延长一段毫无意义的生命，本身就是一件毫无意义的事情”完全是一个伪命题。因为，一段生命是否有意义，不该由医生和旁人来做出判断。

你的态度是一个风向标，它会像慢性的毒药，改变家属，改变咱们医生、护士对生命的敬重和对病人的挽救，最可怕的是，它会改变咱们攻坚克难的信心和决心。

黄桅子冷冷地看着老大，说，老大，言重了，区区小女子，没有那么大的能耐。

机舱外，起风了，黄桅子看到一层沙轻轻扬起，落在跑道上。

心咯噔一下，漏跳一拍，顿时有了点恍若隔世的清醒，她突然意识到，自己的态度，正是这风里覆盖跑道的沙。

好像，真错了……

转机间隙,她给老大打了个电话,说到银色的溪流、血管、跑道和沙,还有生命。老大呵呵笑,说,终于醒悟了,不容易啊,灭绝师太。那个,反正都要死了,潇洒点,打开流量上微信,给你看个东西。

她狐疑地打开流量和微信，看到无数新的信息,其中一个是她之前并不曾见过的群,叫“熊猫侠”,一共有一百多条未读信息。

她意识到了什么,点开它,爬楼梯似的快速浏览。

如她隐约猜中的,这是一个 RH 阴性血的微信群,群里所有人都在 @ 她。

> @ 桅子,我们都可以为你献血,不用急,我们帮你找合适的骨髓,为你捐血小板。
>
> @ 桅子,你活着的意义,是能够用你的经验和医术救更多的人——包括我们每一个是

熊猫血的人。

@梔子，你成功了，我们所有熊猫血的人就再不会心生恐惧。

…………

最后，她看到了一个头像，和老大的一模一样，是“大草原”。

大草原也@她了，说，宝贝，十月十八日，全科室等你回家。

她的回程时间是十月十八日。

黄梔子哭了，她一直以为她是独自一个人，一个与全世界都无关的人，却不知道在这个叫“熊猫侠”的群体里，她不光成了他们的重心，还是他们的宝贝。

梔子，看到了吗？你真的不应该放弃。老大的微信发了过来，第一，科室需要一个成功的病例，至今咱们没有 RH 阴性血的干细胞移植病例。第二,病人们也需要有一个优秀的大夫帮他们打仗。第三,RH 阴性血型本来人就不多,死一个,就少一个,你有责任让自己活着。第四,关于钱和多谷,你的逻辑依旧是错的,你想想,如果时光倒回去几十年,你是愿意有一个妈,还是愿意有一百万块钱?你个缺心眼儿婆娘。

看到这里,黄桅子哧地笑起来,真是又哭又笑,小狗撒尿。

她伸出手指,点了一个表情包回去,是一个一头长鬈发的小男孩不停点头的表情,小孩是那么可爱,像极了多谷小时候的样子。天底下所有的孩子都一样美好,因为他们有一个共同的名字,叫“天使”。

关闭了流量,黄桅子站在巨大的落地窗前,心情复杂地注视眼前这个阳光明媚的世界。

另一个空间里，老大也站在玻璃窗前，只不过他眼前已是晚霞满天。

十月十八日，桅子会不会回到科室来？从曾经权威的大夫，变成一个可怜巴巴等待救治的病人，这对桅子来说，不光需要信心和勇气，更需要抵抗住恐惧，巴林的那一棵树，会不会给桅子力量？他觉得会，又担心不会。

这一刻，他知道，桅子的决定其实也是对他的加持，面对这么多年的生离死别，他心里也有心魔，无休止的打仗，是人都会累的，在崩溃的边缘，战友的支持远胜于人世间最强大的炮火。

手机响，是“泰迪”打来的。

桅子回来后，治疗费我出。

好。他冷冷地答，我知道你家钱多。

然后，葛蓝战战兢兢——他现在实在是有点怕惹着这个老大，他战战兢兢地问，我可不可以见桅子？她会原谅我吗？

老大没回答，挂了。他无法回答葛蓝，尽管他尽全力布了这盘棋，但他也看不透最后的棋局，就像他尽全力救每一个病人，但最后的结局是什么，他无法作答。

岁月是一条长长的河流，他只是努力清理淤堵的那个人，桅子也是，他们没有神赐的魔杖，他们唯有爱和信心，伴随着呼吸，生生不息。

把手机丢到沙发上，老大再一次深感疲惫，对面病房的玻璃窗把晚霞反射到他办公室的墙壁上，静默无声，没有桅子的争吵陪伴，没有桅子的并肩战斗，他真的很寂寞、很累，他想念桅子，他的战友和朋友，只有他们自己知道，在生死边缘的爱和陪伴，恰恰与爱情无关，却远远比爱情深刻。

十三

两个小时的转机后,黄桅子登上去往巴林的航班,一个小时零二十分钟,巴林到了。

走出机舱,黄桅子也看到了金色的夕阳,它洒向大地,像炫目的佛光。

算一算,她出发是清晨七点,九个小时的飞行和两个多小时的转机,到目的地应该是傍晚,但她此刻却站在灿烂的阳光下,她从时光手里抢过来四五个小时的时差,这让她有点小小的兴奋。

谁说延长一段生命毫无意义?

有点疲倦的黄桅子决定休整半天。

坐在清真寺门口,黄桅子心静如止水——已经到了巴林,她不急,她要用最充沛的状态,明天,明天再去看那棵树。

第二天早晨，导游带着黄桅子出发了。

你的手，真柔润。导游扶着她下车时，用古怪的中文发音准确地赞美她，像你们中国的宝贝，玉。

桅子看看自己的手，是的，它的确是宝贝，这双手救活过无数生命，在那些人的眼中，它的确是世间最珍贵的宝贝。

风沙有点大，迷了眼，等风稍停，远远地，黄桅子看到那棵树，在尽目黄白色的沙漠里，在稀稀拉拉的草簇中，唯有它高高耸起，傲立在沙丘上，葱郁的绿色在清晨的白光与沙漠枯燥的色泽中令人无比惊艳，它的手臂伸得那么长，一部分主枝向上生长，像挥舞的手，又像一把撑起的巨伞，另一簇枝条则弯曲着绵延向低处，像一位和善的长者，正蹲下身伸出手来，对她说，来吧，孩子，站到我的手心里，我带你去看世界。

黄桅子远远看着它，心中涌起莫名的震撼和敬畏。她蹲下来,把手伸进沙里,向下,再向下。

干燥无比的沙里没有一丝丝水分,她拔出的手臂明显带着身体水分被抽走的痕迹,一片干裂的白色。

她想不出来,在这偌大一片沙漠和死亡的干涸中,这棵树,靠什么活。

导游看着她说,不用试了,这里根本就没有一滴水,我们走吧,再走近些。

不了。黄桅子站起身,摇摇头,呢喃,就这么远远望着就好……这棵树,它叫什么名字?

它是牧豆树。但是,全世界的人都叫它“生命之树”。到巴林,每个人都会来看这棵神奇的树,它很坚强很坚强,大家都爱它。导游说完,伸开双臂,拥抱世界一样。

生命之树,呵呵。她摇头,无可奈何地笑了。原来她又被老大下了套, 老大并不是不知道这棵树,他只是要她来完成一次洗礼，关于生命，以及坚强。

好吧，算你厉害。黄桅子在心里说，虽然我不确定回国后会做出怎样的决定，但我现在可以确定的是关于争吵，你是对的。

拿出手机，黄桅子很认真地拍下了这棵巨大的牧豆树，她要告诉老大，这棵树像她和他，她是不管不顾撑着伞的那一部分，而老大是俯身向下弯曲着的那一部分。这棵树让她懂得，生命不仅仅是宁折不弯的刚强，还有俯身敬畏的柔韧。

创作谈

总有人为你守护生命

作者 肖勤

关于血液病，很多人很陌生，包括我自己。比如白血病，很少有人知道它分为很多类型。又比如在血液病重症病房，探视者一个感冒都有可能送掉一个病人的性命……直到父亲患上一种罕见的血液病——MDS，骨髓异常增生综合征，我才知道，血液病是天下最痛苦的癌症。

父亲最后的时光，是在血液病病房里度过的，那段时间桂花开了，秋天的空气里弥漫着生命美好的味道，香浓、热烈。但他闻不到，他已经上了呼吸机，他的病房还需要每天用紫外线杀菌，生命对他来说，只剩下一张病床、一台呼吸机和一滴滴输不完的液体。

我一度拒绝回忆这一切，有些痛，特别是有关生离死别，不碰它是最好的。但我不能控制自己不去想病房里那些与病人共同经历生死的医生和病人家属，他们是战士，真正的战士。在重庆第三军医大新桥医院的血液科里，我看到了最温柔最体贴的护士们，永远在奔跑，却永远不表露出惊慌失措的表情，年轻的她们总是温暖镇定地对病人说，老师，加油，老师，你稳住，呼吸，呼吸!

我看到了青年欢乐志愿者，他们每周六来到病房,戴着口罩,给两岁半的白血病小女孩讲故事,还带来消毒过的玩具。

我看到在医生的大办公室里，每天都有医生焦灼地求救,谁的病人可以出院了?谁可以腾一张床出来?我那个病人不行了，再不进来真的不行了，血小板都只有两个了——医院的病床紧张，不少血液病病人不得不在附近租房等待空床。

我看到病人家属们每天红着眼却神情坚毅地奔跑于医院和租住房之间，顶着重庆四十五摄氏度的高温，热得全身上下没有一缕衣服是干的，只为了熬一小碗菜粥，而这粥，病人也许只能咽下一小口。每天中午，家属们在开水房烫碗（血液病病人的碗具不能用洗碗液，全靠烫，开水房里每个家属的指头都被烫得又红又亮）的时候，总会问谁出仓或谁入仓的情况，每当听到谁的白细胞升了，大家就长吁一口气，兴奋地说真好太好了——大家把那一丝微弱的光，当成共同的生命曙光。

我更看到了医生们的焦灼与痛苦，他们经常被逼着帮助病人家属做最后的选择——是继续，还是回家？是用自费药，还是用常规药物？医生们不自觉地分成两种主张，一种是冷酷理智的，一种是温情犹豫的，但无论哪一种，病人家属都是一脸茫然地盯着他们——医生，你说怎么办？

一位血液病医生告诉我，得什么病，都别得血液病，太痛苦、太残酷。她说，有时候她觉得自己要抑郁了，因为在血液病病房，活着是一件舍弃不下却又很少能拼过去的战争，反而要是无药可救的其他癌症，病人、家属和医生则不用受那么多的煎熬。

对活着的期盼，就像黑暗中一盏遥远细微的灯，若有若无地在远方闪烁，所有的人都盼着医生带他们走过黑暗去握住那盏灯，医生们年复一年、日复一日地牵着病人走啊走啊走……就像摆渡人,可是,谁来渡医生?

于是医生们在护士站养了一条鱼。

感觉精神崩溃的时候，他们就看一眼鱼,但凡鱼儿显得萎靡不振时,就会有人悄悄换上一条更鲜活灵巧的。

有一天，父亲邻床的家属在鱼缸边无声地流泪,那是位美丽高雅的女人,她的儿子,二十二岁,大学刚毕业就查出得了白血病,化疗已经过去了两周,应该是各类指标开始向上升的时候,但是这几天,每天抽血验出来的结果几乎是零，这意味着化疗失败，化疗就好比把土里的庄稼和坏草都杀死后,十四天内应该会长出新的庄稼来,不长,那就是土本身已经不行了。

其他家属默默地看着她,她哭完后,等眼眶恢复正常,转身进病房,换上开心无比的笑容,用欢喜得几乎扬起来的声音清脆地说,儿子,太好了!升了。

英俊的小伙子顿时眼睛闪光,笑得像王子,他说,妈妈我升到多少了?

白细胞上到一,血小板上到一点二,都过一了。母亲说起谎来眼睛都不眨,一边拿衣服一边漫不经心地说,今天你自己待着,守你好久了,我要回家一趟,反正你的数值已经升了。

小伙子嗯嗯嗯答着，快活地说，好的好的，反正都升了。

病房里，没有一个人揭穿她的谎言，包括护士，大家都在道喜，仿佛果真如此。

出了病房，提着包的母亲瞬间瘫软在走廊上，头靠着墙壁，嘴张得大大的，像是要悲号，却没有发出任何一丝声音，只有眼泪像关不住的水龙头，汹涌地往下淌。

万一呢……万一……好半天，她强烈地喘息着说，明天要升了呢？他心情一好，明天就会升的……

医生走到她身边，蹲下来，问，你刚才给孩子说的是几？

她哽咽着，有点茫然。

另外一位病人家属赶紧说，她说的是白细胞一，血小板一点二。

医生表情复杂地看着悲痛欲绝的母亲，额头紧紧皱成一团，然后缓缓站起来，转身离开，他走得很慢，让人感到很疲惫，就在他要进病房之前，我看到他取下眼镜，揉了揉眼眶，且长长地吐了一口气。

他要怎么做？我不知道，我只知道他很揪心。

以前我们都认为，医生与病人之间是没有情分可讲的，甚至很多人把医生与病人的关系称作甲方、乙方。但是在这里，我看到了爱与守护。

在医院的二十多天里，我见到了一场场生离死别，也看到了一缕缕希望的微光，我突然发现活着是那么美好，突然明白每一个生命背后，都有着无数爱的加持与守卫。就像网络中用得最多的那句话——哪有那么多岁月静好？不过是有人在为你负重前行。

前段时间，好友去了巴林，一个我从未听说的小国度，可他却告诉我，在巴林，有一棵世界闻名的生命之树，它在沙漠里生存了几百年。

我的心突然被触动了，生命是如此坚

韧,在巴林,是一棵树造就了一片神奇的沙漠,还是一片沙漠成就了一棵伟大的树?

于是,我在这篇文章里写下了一位医生的故事,一个一直当着摆渡人的人和她的摆渡人的故事……

此外,也想借这篇小稿,向天堂的父亲告白,希望他原谅我对他所有的欺骗。